畢璞全集·小說·十五

溪頭月

【推薦序二】

老樹春深更著花

封德屏

一九八六年四月，畢璞應《文訊》雜誌「筆墨生涯」專欄邀稿，發表〈三種境界〉一文，她在文末寫道：

這種職業很適合我這類沉默、內向、不善逢迎、不擅交際的書呆子型人物，我很高興我當年選擇了它。我既沒有後悔自己走上寫作這條路，又說過它是一種永遠不必退休的行業；那麼，看樣子，我是注定了此生還是要與筆墨為伍了。

畢璞自知甚深，更有定力付之行動，近三十年來她持續創作，陸續出版了數本散文、小說、自選集；三年前，為了迎接將臨的「九十大壽」，她整理近年發表的文章，出版了散文集

《老來可喜》。年過九十後，創作速度放緩，但不曾停筆。二〇〇九年元月《文訊》創辦的「銀光副刊」，至今刊登畢璞十二篇文章，上個月（二〇一四年十一月），她在「銀光副刊」發表了短篇小說〈生日快樂〉，此外，也仍偶有文章發表於《中華日報》副刊。畢璞用堅毅無悔的態度和纍纍的創作成果，結下她一生和筆墨的不解之緣。

一九四三年畢璞就發表了第一篇作品，五〇年代持續創作，創作出版的高峰集中在六〇、七〇年代。一九六八年到一九七九年是她作品的豐收期，這段時間有時一年出版三、四本，甚至五本。早些年，她是編寫雙棲的女作家，曾主編《大華晚報》家庭版、《公論報》副刊、《徵信新聞報》家庭版，並擔任《婦友月刊》總編輯，八〇年代退休後，算是全心歸回到自適自在的寫作生涯。

真摯與坦誠是畢璞作品的一貫風格。散文以抒情為主，用樸實無華的筆調去謳歌自然，讚頌生命；小說題材則著重家庭倫理、婚姻愛情。中年以後作品也側重理性思考與社會現象觀察。畢璞曾自言寫作不喜譁眾取寵、不造新僻字眼，強調要「有感而發」，絕不勉強造作。

畢璞生性恬淡，除了抗戰時逃難的日子，以及一九四九年渡海來臺的一段艱苦歲月外，自認大半生風平浪靜。「淡泊名利，寧靜無為」是她的人生觀，讓她看待一切都怡然自得。雖然前後在報紙雜誌社等媒體工作多年，一九五五年也參加了「中國婦女寫作協會」，可能如她自己所言「個性沉默、內向，不擅交際」，多年來很少現身文壇活動。像她這樣一心執著於創作的人和其作品，在重視個人包裝、形象塑造，充斥各種行銷手法的出版紅海中，很容易會被湮沒遺忘。

然而，這位創作廣跨小說、散文、傳記、翻譯、兒童文學各領域，筆耕不輟達七十餘年的資深作家，冷月孤星，懸長空夜幕，環視今之文壇，可說是鳳毛麟角，珍稀罕見。在人們華服高軒、闊論清議之際，九三高齡的她，老樹春深更著花，一如往昔，正俯首案頭，筆尖不斷流淌出款款深情，如涓涓流水，在源遠流長的廣域，點點滴滴灌溉著每一寸土地。

感謝秀威資訊科技股份有限公司，在文學出版業益顯艱辛的此刻，奮力完成「畢璞全集」二十七冊的巨大工程。不但讓老讀者有「喜見故人」的驚奇感動，也讓年輕一代的讀者，有機會可以在快樂賞讀中，認識畢璞及其作品全貌。我們也希望透過文學經典這樣的再現與傳承，向這位永遠堅持創作的作家，表達我們由衷的尊崇與感謝之意。

民國一〇三年十二月

（封德屏：現任文訊雜誌社社長兼總編輯、臺灣文學發展基金會執行長、紀州庵文學森林館長。）

【推薦序二】

老來可喜話畢璞

吳宏一

一

上星期二（十月七日），我有事到《文訊》辦公室去。事畢，封德屏社長邀我去參觀她們蒐集珍藏的期刊。看到很多民國五、六十年前後風行文壇的文藝刊物，目前多已停刊，不勝嗟嘆。《暢流》、《自由青年》、《文星》等我投過搞、發表過創作的刊物不說，連一些當時發行不廣的小刊物，她們也多有蒐集。其用心之專、致力之勤，實在不能不令人讚嘆。於是我向她提起我高中以迄大學時期文學起步的一些往事，中間提到若干文藝刊物和若干文壇前輩對我的鼓勵和影響。其中特別提到我大學一年級，民國五十年的秋天，剛進入臺大中文系讀書時所認識的一些前輩先進。像當時住在濟南路的紀弦，住在廈門街的余光中，住在南昌街菸酒公賣局宿舍的羅悟緣，住在安東市場旁的羅門、蓉子……我都曾經一一去走訪，謝謝他們採用或推薦過我的作品。過程歷歷在目，至今仍記憶猶新。比較特別的是，去新生南路夜訪覃子豪時，還遇見過魏子雲；去峨嵋街救國團舊址見程抱南、鄧禹平時，還順道去《公論報》探訪副刊主編畢璞……。

一提到畢璞，德屏立即接了話，說「畢璞全集」目前正編印中，問我願不願意為她「全集」寫個序言。我答：寫序不敢，但對我文學起步時曾經鼓勵或提攜過我的前輩，我非常樂意寫紀念性的文字。不過，我也同時表示，我與畢璞五十多年來，畢竟才見過兩三次面，她的作品我讀得並不多，要寫也得再讀讀她的生平著作，而且也要她還記得我，對往事有些共同的記憶才好。所以我建議，請德屏代問畢璞兩件事：一是她記不記得在我大一下學期（民國五十一年春），她和另一位女作家到臺大校園參觀之事；二是她在主編《婦友》月刊期間，記不記得曾經約我寫過詩歌專欄。

德屏說好。第二日早上十點左右，畢璞來了電話，客氣寒暄之後，告訴我：她記得她和鍾麗珠早年曾到臺大校園和我見過面，但對於《婦友》約我寫專欄之事，則毫無印象。她知道我沒有讀過她的作品集，說要寄兩三本來，又知道我怕她年老行動不便，改口說，要不然，幾天內如果我能抽空，就煩請德屏陪我去內湖看她，由她當面交給我，同時可以敘敘舊、聊聊天。

我當然贊成。我已退休，時間容易調配，只不知德屏事務繁忙，能不能抽出空暇。想不到與德屏聯絡後，當天下午，就由《文訊》編輯吳穎萍小姐聯絡好，約定十月十日下午三點一起去見畢璞。

二

十月十日國慶節，下午三點不到，我就如約搭文湖線捷運到葫洲站一號出口等。不久，德屏與穎萍來了。德屏領先，走幾分鐘路，到康寧老人安養中心去見畢璞。途中德屏說，畢璞雖然年逾九旬，行動有些不便，但能以歡樂的心情迎接老年，不與兒孫合住公寓，怕給家人帶來不便，所以獨居於此，雇請菲傭照顧，生活非常安適。我聽了，心裡也開始安適起來，覺得她是一個慈藹安詳而有智慧的長者。

見面之後，我更覺安適了。記得我第一次見到畢璞，是民國五十年的秋冬之際，在西門町附近康定路的一棟木造宿舍裡，居室比較狹窄；畢璞當時雖然親切招待，但總顯得態度拘謹。相隔五十三年，畢璞現在看起來，腰背有點彎駝，耳目有些不濟，但行動尚稱自如，面容聲音卻似乎數十年如一日，沒有什麼明顯的變化。如果要說有變化，那就是變得更樸實自然，沒有絲毫的窘迫拘謹之感。

由於德屏的善於營造氣氛、穿針引線，由於穎萍的沉默嫻靜，只做一個忠實的旁聽者，那天下午，我和畢璞有說有笑，談了不少往事，讓我恍如回到五十三年前的青春年代。那時候，我才十八歲，剛考上臺大中文系，剛到陌生而充滿新鮮感的臺北，常投稿報刊雜誌，常拜訪前輩作家。有一天，我到西門町峨嵋街救國團去領新詩比賽得獎的獎金，順道去附近的《聯合報》和《公論報》社。我到《公論報》社問起副刊主編畢璞，說明我常有作品發表，就有人給了我她家的住址。距離報社不遠，在成都路、西門國小附近。那時候我年輕不懂事，大家也少用電話，所以就直接登門造訪了。見面時談話不多，記憶中，畢璞說過她先生也在《公論報》上班，她如何編副刊，還有她兒子正讀師大附中，希望將來也能考上臺大等。辭別時，畢璞說了一句，聽說臺大校園春天杜鵑花開得很盛很好看。我謹記這句話，所以第二年的春天，投稿信中附帶留言，歡迎她跟朋友來臺大校園玩。就因為這樣，畢璞和鍾麗珠在民國五十一年的春季，相偕來參觀臺大校園。

確切的日期記不得了。畢璞說連哪一年她都不能確定。我翻開我隨身帶來送她的光啟版散文集《微波集》，指著一篇〈鄉愁〉後面標明的出處，民國五十一年四月二十七日發表於《公論副刊》。經此指認，畢璞稱讚我的記性和細心，而且她竟然也記起了當天逛傅園後，我請她們到福利社吃牛奶雪糕的往事。

很多人都說我記憶力強，但其實也常有模糊或疏忽之處。例如那一天下午談話當中，我提起雨中路過杭州南路巧遇《自由青年》主編呂天行，以及多年後我在西門町日新歌廳前再遇見他，聽他告訴我「驚天大祕密」的時候，確實的街道名稱，我就說得不清不楚，更糟糕的是，畢璞再次提起她主編《婦友》月刊的期間，真不記得邀我寫過專欄。一時間，我真無辭以對。當事人都這麼說了，我該怎麼解釋才好呢？好在我們在談話間，曾提及王璞、呼嘯等人，似乎又給了我重拾記憶的契機。

我私下告訴德屏，《婦友》確實有我寫過的詩歌專欄，雖然事忙只寫了幾期，但這些文章後來都曾收入我的《先秦文學導讀・詩辭歌賦》和《從詩歌史的觀點選讀古詩》等書中，白紙黑字，騙不了人的。會不會畢璞記錯，或如她所言不在她主編的期間別人約的稿呢？

那天晚上回家後，我開始查檢我舊書堆中的期刊，找不到《婦友》，卻找到了王璞主編的《新文藝》和呼嘯主編的《青年日報》副刊剪報。他們都曾約我寫過詩詞欣賞專欄，印象中有一個與《婦友》大約同時。尋檢結果，查出連載的時間，《新文藝》是民國七十一年，《青年日報》則是民國七十七年。到了十月十二日，再比對資料，我已經可以推定《婦友》刊登我詩歌專欄的時間，應該是在民國七十七年七、八月間。

十月十三日星期一中午，我打電話到《文訊》找德屏，她出差不在。我轉請秀卿代查，傍晚她回覆，已在《婦友》民國七十七年七月至十一月號，找到我所寫的〈古歌謠選講〉，當時的總編輯就是畢璞。事情至此告一段落。記憶中，是一次作家酒會邂逅時畢璞約我寫的。寫了幾期，因為事忙，又遇畢璞調離編務，所以專欄就停掉了。這本來就是小事一樁，無關宏旨，豁達的畢璞不會在乎這個的，只不過可以證明我也「老來可喜」，記憶尚可而已。

三

「老來可喜」，是畢璞當天送給我看的兩本書，其中一本散文集的書名，語出宋代詞人朱敦儒的〈念奴嬌〉詞。另外一本是短篇小說集，書名《有情世界》。根據書後所附的作品目錄，原來畢璞的作品集，已出三、四十本。她挑選這兩本送我看，應該有其用意吧。看《老來可喜》這本散文集，可知她的生平大概；看《有情世界》這本短篇小說集，則可知她的小說特色所在。初讀的印象，她的作品，無論是散文或小說，從來都不以技巧取勝，就像她的筆名一樣，是未經琢磨的玉石，內蘊光輝，表面卻樸實無華，然而在樸實無華之中，卻又表現出一個共同的主題。一言以蔽之，那就是「有情世界」。其中有親情、愛情、人情味以及生活中的情趣。因此，讀來特別溫馨感人，難怪我那罕讀文藝創作的妻子，也自稱是她的忠實讀者。

讀畢璞《老來可喜》這本散文集，可以從中窺見她早年生涯的若干側影，以及她自民國三十八年渡海來臺以後的生活經歷。其中寫親情與友情，敘事中寓真情，雋永有味，誠摯而動人。寫懷才不遇的父親，寫遭逢離亂的家人，寫志趣相投的文友，娓娓道來，真是扣人心弦。

其中〈西門懷舊〉一篇，寫她康定路舊居的一些生活點滴，更讓我玩味再三。即使寫她身邊瑣事的小小感觸，寫愛書成癡，愛樂成癡，寫愛花愛樹，看山看天，也都能使我們讀者體會到「生命中偶得的美」，享受到「小小改變，大大歡樂」。「生命中偶得的美」和「小小改變，大大歡樂」，正是她文集中的篇名。我們還可以發現，身經離亂的畢璞，涉及對日抗戰、國共內戰的部分，著墨不多，多的是「此身雖在堪驚」，「老來可喜，是歷遍人間，諳知物外」。這也正是畢璞同一時代大多婦女作家的共同特色。

讀《有情世界》這本小說集，則可發現：畢璞散文中寫得比較少的愛情題材，都寫進小說裡了。畢璞說過，小說是她的最愛，因為可以滿足她的想像力。讀完這十六篇短篇小說，我們確實可以發現，她的小說採用寫實的手法，勾勒一些時代背景之外，重在探討人性，敘寫一些有情有義的故事。特別是愛情與親情之間的矛盾、衝突與和諧。小說中的人物和故事，有真有假，「真」的往往是根據她親身的經歷，「假」的是虛構，是運用想像，無中生有塑造出來的。她把它們揉合在一起，而且讓自己脫離現實世界，置身其中，成為小說中人。

因此，我讀畢璞的短篇小說，覺得有的近乎散文。尤其她寫的書中人物，大都是我們城鎮小市民日常身邊所見的男女老少，故事題材也大都是我們城鎮小市民幾十年來所共同面對的移民、出國、旅遊、探親等話題。或許可以這樣說，較之同時渡海來臺的作家，畢璞寫的小說，罕有激情奇遇，缺少波瀾壯闊的場景，也沒有異乎尋常的角色，既沒有朱西甯、司馬中原筆下的鄉野氣息，也沒有白先勇筆下的沒落貴族，一切平平淡淡的，可是就在平淡之中，卻能給人親近溫馨之感。表面上看，她似乎不講求寫作技巧，但仔細觀察，她其實是寓絢爛於平淡。像〈生命共同體〉一篇，寫范士丹夫婦這對青梅竹馬的患難夫妻，到了老年還為要不要移民美國而引起衝突，高潮迭起，正不知作者要如何收場，這時卻見作者藉描寫范士丹的一些心理活動，利用廚房下麵一個小情節，就使小說有個圓滿的結局，而留有餘味。〈春夢無痕〉一篇，寫梅湘退休後，到香港旅遊，在半島酒店前香港文化中心，竟然遇見四十多年前四川求學時代的舊情人冠倫。四十多年來，由於人事變遷，兩岸隔絕，二人各自男婚女嫁，都已另組家庭，正不知作者要如何安排後來的情節發展，這時卻見作者利用梅湘的一段心理描寫，也就使小說有個出人意外而又合乎自然的結尾，不會予人突兀之感。這些例子，說明了作者並非不講表現藝術，只是她運用寫作技巧時，合乎自然，不見鑿痕而已。所以她的平淡自然，不只是平淡自然，而是別有繫人心處。

四

畢璞同時的新文藝作家，有三種人給我的印象特別深刻。一是軍中作家，以寫新詩和小說為主，強調創新和現代感；二是婦女作家，以寫散文為主，多藉身邊瑣事寫人間溫情；三是鄉土作家，以寫小說和遊記為主，反映鄉土意識與家國情懷。這是二十世紀五、六十年代前後臺灣新文藝發展史上的一大特色。這三類作家的風格，或宏壯，或優美，雖然成就不同，但套用王國維的話說，都自成高格，自有名句，境界雖有大小，卻不以是分優劣。因此有人嘲笑婦女作家多只能寫身邊瑣事和生活點滴，那是學文學的人不該有的外行話。

畢璞當然是所謂婦女作家，她寫的散文、小說，攏總說來，也果然多寫身邊瑣事，或者說，多藉身邊瑣事寫溫暖人間和有情世界。但她的眼中充滿愛，她的心中沒有恨，所以她的筆端流露出來的，每一篇作品都像春暉薰風，令人陶然欲醉；情感是真摯的，思想是健康的，真的適合所有不同階層的讀者。

一般而言，人老了，容易趨於保守，失之孤僻，可是畢璞到了老年，卻更開朗隨和，更為豁達，就像玉石，愈磨愈亮，愈有光輝。她特別欣賞宋代詞人朱敦儒的「老來可喜」那首〈念奴嬌〉詞。她很少全引，現在補錄如下：

老來可喜，是歷遍人間，諳知物外。
看透虛空，將恨海愁山，一時挼碎。
免被花迷，不為酒困，到處惺惺地。
飽來覓睡，睡起逢場作戲。

休說古往今來，乃翁心裡，沒許多般事。
也不蘄仙不佞佛，不學栖栖孔子。
懶共賢爭，從教他笑，如此只如此。
雜劇打了，戲衫脫與獃底。

朱敦儒由北宋入南宋，身經變亂，歷盡滄桑，到了晚年，勘破世態人情，不但主張不學栖栖皇皇的孔子，說什麼經世濟物，而且也認為道家說的成仙不死，佛家說的輪迴無生，都是虛妄的空談，不可採信。所以他自稱「乃翁」，說你老子懶與人爭，管它什麼古今是非，說人生在世，就像扮演一齣戲一樣，各演各的角色，逢場作戲可矣，何必惺惺作態，說什麼愁呀恨呀。一旦自己的戲份演完了，戲衫也就可以脫給別的傻瓜繼續去演了。這首詞表現的人生觀，雖然豁達，卻有些消極。這與畢璞的樂觀進取，對「有情世界」處處充滿關懷，是不相契的。我想畢璞喜愛它，應該只愛前面的幾句，所以她總不會引用全文，有斷章取義的意思吧。

畢璞《老來可喜》的自序中，說西方人把老年分成三個階段：從六十五歲到七十五歲是「初老」，從七十六歲到八十五歲是「老」，八十六歲以上是「老老」；又說「初老」的十年是人生最美好的黃金時期，不必每天按時上班，兒女都已長大離家，內外都沒有負擔，沒有工作壓力，智慧已經成熟，人生已有閱歷，身體健康也還可以，不妨與老伴去遊山玩水，或抽空去學習一些新知，以趕上時代。想做什麼就做什麼，豈非神仙一般。畢璞說得真好，我與內子現在正處於「初老」的神仙階段，也同樣覺得人間有情，處處充滿溫暖，這幾天讀畢璞的書，益發覺得「老來可喜」，可喜者三：老來讀畢璞《老來可喜》，一也；不久之後，可與老伴共讀「畢璞全集」，二也；從今立志寫自己不像傳記的傳記，彷彿回到自己的青春時期，三也。

民國一〇三年十月十五日初稿

（吳宏一：學者，作家，曾任臺灣大學中文系教授、香港中文大學中文系、香港城市大學中文、翻譯及語言學系講座教授，著有詩、散文、學術論著數十種。）

【自序】
長溝流月去無聲——七十年筆墨生涯回顧

畢璞

「文書來生」這句話語意含糊，我始終不太明瞭它的真義。不過這卻是七十多年前一個相命師送給我的一句話。那次是母親找了一位相命師到家裡為全家人算命。我從小就反對迷信，痛恨怪力亂神，怎會相信相士的胡言呢？當時也許我年輕不懂，但他說我「文書來生」卻是貼切極了。果然，不久之後，我就開始走上爬格子之路，與書本筆墨結了不解緣，迄今七十年，此志不渝，也還不想放棄。

從童年開始我就是個小書迷。我的愛書，首先要感謝父親，他經常買書給我，從童話、兒童讀物到舊詩詞、新文藝等，讓我很早就從文字中認識這個花花世界。父親除了買書給我，還教我讀詩詞、對對聯、猜字謎等，可說是我在文學方面的啟蒙人。小學五年級時年輕的國文老師選了很多五四時代作家的作品給我們閱讀，欣賞多了，我對文學的愛好之心頓生，我的作文成績日進，得以經常「貼堂」（按：「貼堂」為粵語，即是把學生優良的作文、圖畫、勞作等掛在教室的牆壁上供同學們觀摩，以示鼓勵）。六年級時的國文老師是一位老學究，選了很多古文做教材，使我有機會汲取到不少古人的智慧與辭藻；這兩年的薰陶，我在不知不覺中變成了文學的死忠信徒。

上了初中，可以自己去逛書店了，當然大多數時間是看白書，有時也利用僅有的一點點零用錢去買書，以滿足自己的書癮。我看新文藝的散文、小說、翻譯小說、章回小說……簡直是博覽群書，卻生吞活剝，一知半解。初一下學期，學校舉行全校各年級作文比賽，小書迷的我得到了初一組的冠軍，獎品是一本書。同學們也送給我一個新綽號「大文豪」。上面提到高小時作文「貼堂」以及初一作文比賽第一名的事，無非是證明「小時了了，大未必佳」，更彰顯自己的不才。

高三時我曾經醞釀要寫一篇長篇小說，是關於浪子回頭的故事，可惜只開了個頭，後來便因戰亂而中斷，這是我除了繳交作文作業外，首次自己創作。

第一次正式對外投稿是民國三十二年在桂林。我把我們一家從澳門輾轉逃到粵西都城的艱辛歷程寫成一文，投寄《旅行雜誌》前身的《旅行便覽》，獲得刊出，信心大增，從此奠定了我一輩子的筆耕生涯。

來臺以後，一則是為了興趣，一則也是為稻粱謀，我開始了我的爬格子歲月。早期以寫小說為主。那時年輕，喜歡幻想，想像力也豐富，覺得把一些虛構的人物（其實其中也有自己和身邊的人的影子）編出一則則不同的故事是一件很有趣的事。在這股原動力的推動下，從民國四十年左右寫到八十六年，除了不曾寫過長篇外（唉！宿願未償），我出版了兩本中篇小說、十四本短篇小說、兩本兒童故事。另外，我也寫散文、雜文、傳記，還翻譯過幾本英文小說。到民國一〇一年，我總共出版過四十種單行本，其中散文只有十二本，這當然是因為散文字數少，不容易結集成書之故。至於為什麼從民國八十六年之後我就沒有再寫小說，那是自覺年齡大了，想像力漸漸缺乏，對世間一切也逐漸看淡，心如止水，失去了編故事的浪漫情懷，就洗手不幹了。至於散文，是以我筆寫我心，心有所感，形之於筆墨，抒情遣性，樂事一樁也，為什麼放棄？因而不揣譾陋，堅持至今。慚愧的是，自始至終未能寫出一篇令自己滿意的作品。

為了全集的出版，我曾經花了不少時間把這批從民國四十五年到一百年間所出版的單行本四十種約略瀏覽了一遍，超過半世紀的時光，社會的變化何其的大：先看書本的外貌，從粗陋的印刷、拙劣的封面設計、錯誤百出的排字；到近年精美的包裝、新穎的編排，簡直是天淵之別。由此也可以看得出臺灣出版業的長足進步。再看書的內容：來臺早期的懷鄉、對陌生土地的神奇感、言語不通的尷尬等；中期的孩子成長問題、留學潮、出國探親；到近期的移民、空巢期、第三代出生、親友相繼凋零……在在可以看得到歷史的脈絡，也等於半部臺灣現代史了。

坐在書桌前，看看案頭成堆成疊或新或舊的自己的作品，為之百感交集，真的是「長溝流月去無聲」，怎麼倏忽之間，七十年的「文書來生」歲月就像一把把細沙從我的指間偷偷溜走了呢？

本全集能夠順利出版，我首先要感謝秀威資訊科技股份有限公司宋政坤先生的玉成。特別感謝前臺大中文系教授吳宏一先生、《文訊》雜誌社長兼總編輯封德屏女士慨允作序。更期待著讀者們不吝批評指教。

民國一〇三年十二月

目次

阿梅的故事

凡是認識阿梅的人都說她長得美麗，就是她的丈夫不曾稱讚過她。所以，只要有人提到她的丈夫，阿梅就會恨得牙癢癢地：「那個死木頭人，從來就不曾看過我一眼。大概我長了一臉痲子他也無所謂的，只要有個女人替他燒飯、洗衣、生孩子，不就行了嗎？」

那兩顆烏黑的瞳仁老是的溜溜地在轉，好像會說話。

是的，阿梅是漂亮的。她有一雙水汪汪的大眼，又總是未言先笑，故意炫耀地閃動頰上兩個梨渦；所以，雖然她的一張臉有點扁平，嘴巴也嫌太大，但是，這些缺點都被她的媚眼和巧笑遮掩了。她又長得一身細皮白肉，該凸的地方凸，該凹的地方凹，個子不高不矮，每一寸都恰到好處，完全看不出已是一個生育過三個孩子的婦人。鄰居的王大媽、李大嫂、小鶯、阿珠之流，老是喜歡圍攏著阿梅，這個摸摸她的臉，那個撫弄她的臂膀，彷彿她是一件稀世珍品，然後大家讚嘆著：「阿梅，你長得這麼美，不去當電影明星多麼可惜呀！」

「我覺得阿梅去唱歌仔戲一定也不錯的。她扮起小生來，那個邱麗花怎比得上？」

「唱歌仔戲有甚麼出息？去當歌星才是神氣呀！阿梅，你為甚麼不去學唱歌嘛？」

「我老囉！快三十歲了，孩子又一大堆。你們不要尋我開心吧！」阿梅輕輕地嘆著氣，滿肚子的幽怨，又被她們撩撥起來。

連阿梅自己也不敢相信，日子居然會過得這樣快，她是十七歲那年嫁給伍唯仁的，今年她廿七歲，原來已足足嫁了十年啦！這十年來我快樂嗎？她想著立刻搖搖頭。不錯，嫁給了這位當年年紀比她大了一倍的教書先生，她是不必再天天吃番薯粥和臭鹹魚了；然而，十年如一日的守在家裡燒飯帶孩子，又有甚麼意義？

與其說阿梅嫁給伍唯仁，不如說她是賣給伍唯仁要比較妥當。阿梅的父親是個木匠，有著八個孩子，一家十口擠在一間破瓦房裡，窮得幾乎連肚子也填不飽。不過，他鑑於自己幼年失學，不識之無的苦況，倒也勉強讓所有的孩子都進學校接受國民教育。伍唯仁是阿梅上六年級時的級任老師，他曾經在作家庭訪問時到過他們家裡，對他們的貧窮很感同情；當然，那時他對又瘦又小的阿梅並無印象。

伍唯仁在阿梅他們那個鄉下教了五年書，當他有機會調到臺北去工作時，他已經三十五歲。這時，他忽然對自己的王老五生涯厭倦起來，希望帶個妻子到臺北去。有人建議他就地取材，就這樣，媒婆把詹木匠急於脫手的女兒——伍唯仁以前的學生何梅介紹給他。十七歲的阿梅，還是瘦伶伶地，似乎發育不良的樣子；而且，由於營養太差，臉色又青又黃。倒是一雙頰為靈活的大眼睛，兩個小小的酒渦，頗為討人喜愛。伍唯仁並不在乎妻子漂亮不漂亮，他聽說阿梅很會做家務，而且，他也記得阿梅從前在班上相當守規矩，是個好學生。最要緊的，是詹木匠開口的聘金數目並不高，只要兩萬元。伍唯仁平日全無嗜好，幾年來省吃儉用的結果，總算略有積蓄。拿出了兩萬元，他還有餘資可以購置家具，經營一個小家庭，於是，沒有多作考慮，他就娶了這個只有國中畢業程度，年齡比他小一半的鄉下女孩。

婚後的生活是平淡的。伍唯仁是個盡職的教員，每天早出晚歸，晚上還要在燈下改簿子。阿梅在五年中連續生了三個孩子，這沉重的生活擔子，壓得伍唯仁大吃不消，趕緊及時煞車，實行家庭計劃。阿梅變成小妻子、小母親之後，家務似乎比在娘家時更多。每天，她要伺候丈夫和三個孩子，洗衣、買菜、燒飯、打掃，忙得她常常要向無知的幼兒發脾氣。說也奇怪，雖然是這樣忙，阿梅卻漸漸長胖起來。尤其是生完第三個孩子以後，她簡直像脫胎換骨似的，由一個面黃骨瘦的鄉下女孩，變成一個豐滿的小婦人。小學教員雖然窮，但是總比一個鄉下木匠強。也許是這幾年的伙食改善了的緣故，她的皮膚也變白皙了，漸漸，她的美就顯露出來。這，她自己也察覺得到，因為，她上街的時候，常常會有一些不三不四的男人用色瞇瞇的眼光瞪著她。去買菜時，年輕的小販也會跟她說幾句輕佻的話。而女伴們對她的讚美與豔羨，更是使得阿梅飄飄然的。於是她開始打扮起來。伍唯仁給她的家用錢有限，她就從菜錢中打主意。每天餘扣個三五塊錢積起來，在菜場的地攤上買些廉價的化妝品、衣料、假首飾；每個星期還上一次美容院做頭髮、修指甲。伍唯仁也看得出妻子的變化，不過，他並沒有說甚麼，他想：妻子年輕，自然愛美，就讓她打扮去吧！反正這又沒有甚麼妨礙。但是，阿梅對丈夫這樣漠視自己的美麗，卻是無法忍受。一個禮拜天，她到美容院去做了一個滿頭鬆鬆的髮捲，活像一隻捲毛狗似的髮型回來，穿上那件新做的，短得不能再短的紅花迷你裝，在伍唯仁面前模仿著時裝模特兒的樣子扭來扭去。伍唯仁正埋頭在一大疊作業簿裡面，對妻子的搔首弄姿，只是瞥了一眼，沒有說話。

「喂！死鬼！」阿梅不曉得從哪裡學來用這個字眼來稱呼她的丈夫。「說話呀！你說我今天漂亮不漂亮？」

伍唯仁皺著眉抬起頭來。他本來想說：「你的頭活像獅子狗，裙子又短得不成體統，有三個孩子的媽媽怎可以這樣打扮？」可是，他知道阿梅的脾氣，假使他這樣說，她勢必跟他爭辯不休，於是他就不吭氣，只是默默地點了點頭。

「那麼，我們全家出去玩，去看電影，還去吃小籠包好不好？」雖然只是輕輕的一點頭，也總比全無表示的好。阿梅興高采烈地走過去靠在伍唯仁的身上，像孩子般撒著嬌。

「不行，阿梅，我沒有空，你沒看見這一大疊作業簿嗎？」伍唯仁輕輕把妻子推開。「這樣吧！你帶孩子出去玩，中飯不用燒了。我把昨天剩的飯炒一炒也可以對付一餐的。哪！這裡有一百塊錢，夠用了吧！月底了，我身上也沒有幾個錢。」

「不要，我才不要一個人帶孩子出去。」阿梅噘著嘴，把身體亂扭。「你這個死鬼，一天到晚就只知道改作業。你不去，你在家裡帶孩子吧！我和小鶯她們去玩。」說著，一把就把伍唯仁手中那張鈔票搶過來。「小器鬼，只給這麼一點點。」

「喂！那不行！我沒空管孩子，你把他們通通帶走。」伍唯仁急得大聲叫了起來。

「一百塊錢怎夠四個人出去玩？你多拿點錢出來嘛！」阿梅向丈夫攤開手，一面還翻著白眼。

伍唯仁在袋裡摸索了半天，又掏出一張五十元來。「哪！拿去吧！我可連車錢都沒有了。」

「死鬼！老是騙我說沒有錢，我才不相信！」阿梅又把鈔票搶過來，塞進手提袋裡。「走！走！小鬼，我們走吧！」她把三個從五歲到九歲的孩子像趕鴨子似地通通趕出門去。

到了門外，她拿出十塊錢交給她的大兒子悄悄地吩咐：「這十塊錢給你們中午買麵包吃，你帶弟弟和妹妹，到別的地方玩，別回家裡吵爸爸，知道嗎？記住，五點半在巷口等我。」

三個孩子興高采烈地奔跑而去，阿梅也就去找了小鶯、阿珠一起上街。三個人去逛百貨公司、綢緞莊和鞋店，又到小吃店去吃點心、喝冷飲。一百多塊錢沒有甚麼好花的，阿梅只能夠這裡買兩條手帕，那裡買兩雙褲襪來滿足自己的物慾。商店櫥窗裡那些花花綠綠的貨品，簡直引誘得她饞涎欲滴；加以小鶯和阿珠又不斷地在旁邊起鬨：「阿梅，這件金黃色的洋裝，穿在你身上才漂亮哪！」「阿梅，叫你先生把這個綠皮包和這雙綠皮鞋買給你嘛……」於是，阿梅又是恨得牙癢癢地：「憑那個死鬼一個月只賺那一點點錢，他買得起？」

櫥窗的玻璃，反映出阿梅的影子：蓬鬆的時髦髮型、姣好的臉蛋、曲線玲瓏的身段，一切都不輸於街頭任何一個少女（也許還勝過她們啊！）；但是，為甚麼她們都顯得那麼快樂而無憂無慮，而我卻是一個貧窮小學教員的妻子呢？

當然，她跟小鶯和阿珠在一起的時候也是快樂的。別人也把她當作是無憂無慮的少女；每個人都稱她為小姐；年輕的男店員都對她表現出特殊的好感。這時，阿梅便暫時忘記了她木頭人一般而又沒有賺錢本領的丈夫、三個煩人的孩子以及做不完的家務。

可惜，快樂的時光過得特別快，正玩得起勁忘形的時候，阿梅心裡忽然一驚，彷彿是遺忘了一件甚麼東西。她檢點了一下手中的東西：一個皮包、一把洋傘、一個紙袋，都還好好的，一樣也沒有少。那麼是甚麼呢？前面一個少婦，手中抱著一個嬰兒，手上拉著一個幼童，幼童的樣子像煞了她的么兒。她低頭看了看戴用了十年、還是伍唯仁在結婚時送給她的那個老錶，五點鐘，她立刻知道了那是甚麼。這是她每天燒晚飯的時間。今天，三個孩子在外流浪了大半天，十塊錢一定被他們胡亂買零嘴花掉，到現在，肚子豈不餓壞？要是他們等她等得不耐煩，先跑回家裡，那麼，她的謊言豈不是要拆穿了？

於是，阿梅的玩勁突然冷卻了。她洩氣地對她的兩個女伴說：「我們回去吧！我燒飯的時間到了。」

小鶯和阿珠也是阮囊羞澀了，對阿梅的建議一點也不反對。三個人擠公共汽車回去，下了車，才走到巷口，三個滿臉都是淚痕和污跡，像泥鴨子般的小人兒就圍攏過來，伸出骯髒的小手，紛紛牽住阿梅的短裙。「媽媽，我肚子餓！」三個小人兒一起叫著。

「要死了，你們這三個小鬼，怎會弄得這樣骯髒的？」雖然這是意料中的事，阿梅還是大為光火。她一把推開了三個孩子，馬上消失了剛才擔心他們肚子餓的同情心。

她怒沖沖地回家去，三個孩子哭哭啼啼地跟在後面。屋子裡光線幽暗，客廳寂靜無人。那死鬼跑到哪裡去呢？阿梅大大光火，衝進房間裡一看，伍唯仁仰臥床上，四肢作大字形伸展著，鼾聲大作。好傢伙，你不肯替我照顧孩子，讓我出去玩半天，自己卻在這裡呼呼大睡。阿梅愈想愈有氣，很想把他拖起來，讓他睡不成。後來一想：他現在醒來了，看見了孩子的狼狽相，便會知道我是騙他的，還是別去惹他算了。

她呼喝孩子們去洗臉換衣服，自己到廚房去弄飯。草草把簡單的飯菜擺上飯桌，三個孩子不等他們的父親起來，就爬上椅子，像三隻小餓狼般圍桌大嚼起來。阿梅也懶得去喚醒丈夫。這種沒有本事賺錢的男人，活該餓他一頓。她扒了兩口飯，便取下筷子。心情不好，小菜又做得沒有味道，使她完全沒有胃口。但是，伍唯仁卻及時醒過來。他改卷改到下午三點多，因為太累了，所以那一覺睡得十分香甜。現在，他聽見了孩子們的聲音，便睜著惺忪睡眼起來吃飯。他用關懷的口吻問妻子：「今天玩得快樂嗎？」阿梅卻只白了丈夫一眼，沒有回答。

阿梅覺得：平凡而毫無樂趣的家庭主婦生涯，快要把她迫瘋了。她常常攬鏡自照，為自己的青春和美麗叫屈。她想：假使我的面貌長得醜一點，那麼，做一個小學教員的妻子也不算辱沒了自己。但是，既然上天賦與我以如此美好的臉孔和胴體，我為甚麼要糟蹋它呢？我的臉應該使用高等的化妝品；我的身體應該穿委託行櫥櫃中最新式時裝。我的一雙手雖然因為從小做家務而相當粗糙；但是，如果戴上亮閃閃的鑽戒，也會顯得漂亮的。可憐我這一輩子都沒有戴過戒指。天啊！我已經二十七歲了，還有多少可以打扮的機會呢？

每當她發牢騷的時候，阿梅就會遷怒到丈夫和孩子身上。她罵丈夫、打孩子，把一個家弄得鬼哭神號的，然後，她就摔下不管，逕自找小鶯她們去玩。不過，跟小鶯她們一道，去看三輪影院，吃兩塊錢一杯的冰淇淋，五塊錢一碗的餛飩麵，買幾十元一件的犧牲品衣料，又哪能滿足阿梅的物慾與虛榮心呢？

有一天，阿梅又跟小鶯和阿珠去逛街。在一家高級時裝店的櫥窗外，三個人正土裡土氣地站在那裡指指點點，滿臉露出了豔羨的神色時，店裡面走出一個時髦少婦，望了阿梅兩眼，忽然就大叫起來：「你不是詹玉梅嘛？變得這麼漂亮，我差一點認不得啦！」

「你——你是陳香。你——才漂亮啊！」阿梅緊緊地握著面前這個戴著圓形的大太陽眼鏡、穿著短得不能再短的迷你洋裝、香氣撲人的都市女郎的雙手，簡直不能相信她就是十幾年前一起上學的鄉下女孩了，「怎麼？你是甚麼時候到臺北來的？」

「我來八九年了。你呢？聽說你跟伍老師結婚了，已經有幾個小寶寶啦？」兩個老同學站在行人道上一問一答，談得非常起勁。阿梅很慶幸，自己今天穿得還不太壞，不至在同學面前失禮。同時，她也以自己有這樣體面的同學為榮，足夠使小鶯和阿珠兩個土包子看得傻了眼的。

陳香問阿梅住在哪裡，表示要去拜訪伍老師。阿梅一想到自己那陋巷中狹小破爛的住所，就覺十分丟臉。不，絕對不能夠讓陳香到家裡去。

「我們住的地方很難找，而且快要搬家了。這樣吧！我來找你好了，你住在哪裡呢？」想了一想，阿梅這樣說。

「好呀！歡迎之至！」陳香從手提包中拿出一枝小巧的金筆，又拿出一本精美的便條簿，在那上面寫了兩行歪歪扭扭的字。「哪！這就是我的地址。你明天來，我請你吃飯，我們要好好的聊聊。」說著，伸出一隻塗著鮮紅蔻丹的手，跟阿梅握了一下。「明天見！拜拜！」

阿梅、小鶯和阿珠，呆呆地站在行人道上，望著陳香飄然遠去，一陣陣脂粉的香氣，仍然圍繞著她們，彷彿那是一場夢。三人沉默了一會兒，阿珠這才開口道：「阿梅，你這個同學好漂亮啊！」

「一定也很有錢，你看她那身打扮。」小鶯說。

「奇怪！她跟我做同學的時候，也只是個土土的鄉下女孩嘛！怎會忽然變成一個時髦小姐呢？她真是好命！」阿梅也幽幽地嘆了一口氣。

「你明天去看她就知道了。回來可要告訴我們啊！」

陳香沒有說明請吃午飯還是晚飯，阿梅又不好意思問。不過，第二天她還是在上午就去了，有孩子的人習慣早睡，她不願太晚回家。出門之前，她先做好兩個孩子中午的飯菜，伍唯仁和上學的大孩子都帶飯盒，這使阿梅省了不少功夫。她挑選一身最漂亮的衣服穿上，把兩個小的孩子和飯菜都送到王大媽家裡，拜託她照顧，然後把門一鎖，就搭車去找陳香。

陳香住在高級住宅區裡，阿梅還是第一次看到那些巍峨而堂皇的高樓。她土頭土腦地走進了電梯，幾乎不懂得怎樣使用，還好又有人進來，她才有辦法上去。走出電梯，好不容易找到陳香給她的那個門牌，伸手按了門鈴，雖然來找的是自己的老同學，但是阿梅還是緊張得一顆心砰砰亂跳。

門打開了，一個打扮得相當時髦的少女探出半個頭來，對阿梅上下打量了一番，然後，用不太客氣的口氣問：「找誰呀？」

「我找陳香小姐。」

「我們小姐還沒起床，你晚一點再來吧！」那個少女撇著嘴，露出一副輕蔑的表情，說著就要關門。

「喂！喂！是她約我來的呀？怎麼還沒起來呢？她是不是病了？」阿梅急得伸手扳住那扇門。在她的心目中，哪裡會有人十一點都過了，還不起床的呢？

「你這個人怎麼搞的？好端端咒人家生病。我們小姐才不會有你這種朋友，更不會約你這麼早來。哼！敢情你是騙子不成？」

「你才是怎麼搞的？居然侮辱我，說我是騙子，你——」阿梅氣得連話都說不出來了。正在這個時候，她聽見了陳香的聲音：「阿芳，你在跟誰吵嘛？」

「小姐，有一個土包子女人硬要跑進來。」少女白了阿梅一眼，大聲地說。這一下，阿梅氣得要哭出來了。

「陳香，是我，是我詹玉梅。」她也大聲叫了起來。

陳香披頭散髮地穿著一件薄紗的睡袍從裡面出來，沒有理會那個少女，就對阿梅說：「原來是你，進來吧！」她的態度有點冷淡，使得阿梅感到很不好意思。

陳香領阿梅走進客廳裡，阿梅也無暇去欣賞客廳中豪華的擺設，就用萬分歉疚的語氣對陳香說：「我不知道你還沒有起床，很對不起，把你吵醒了。你沒有甚麼不舒服吧？」望著陳香那張失血而浮腫的臉，阿梅覺得她的老同學跟昨天在路上遇見時的樣子，簡直判若兩人，她不得不懷疑陳香是生病了。

渾身不自在。

「沒有事！沒有事！」陳香連連打著呵欠。「是我自己不好，沒有跟你約好幾點鐘。」

「我還是回去吧！你可以上床再睡。」阿梅坐在那間陳設華麗卻光線幽暗的客廳裡，但覺

「不，不，你不要走，我反正已經睡不著了。我們聊聊，等一下到外面去吃飯。」陳香點了一根香煙，用兩枝細如雞爪但卻是塗著猩紅色蔻丹的手指夾著，放進嘴裡，深深吸了一口，然後又噴出一連串的煙圈，這才問：「你不抽香煙的吧？」

「我怎會抽煙呢？陳香，你倒是甚麼時候學會的？」阿梅此刻細細打量她的老同學，她發覺陳香不但臉色黃蠟、面容憔悴，而且全身骨瘦如柴，隱現在薄紗睡衣裡面的胴體一點也不性感。於是，忍不住脫口而出：「你好瘦啊！」

「唉！幹我們這一行的，怎能不瘦？又怎能不會抽煙呢？」陳香瞇著眼，又深深吸了一口。

「陳香，你是做甚麼工作的？」昨天在路旁話舊，阿梅只知陳香還沒有結婚，其他就完全不知道。

這時，剛好阿芳捧著兩杯熱騰騰的咖啡出來，聽見了阿梅的話，就不屑地插嘴：「你還不曉得我們小姐是做甚麼的？人家是紅歌星莉娜呀！」

「你是紅歌星？陳香，真的嗎？」阿梅興奮地問。現在，她明白了陳香為甚麼生活得這麼闊氣，也明白了她為甚麼快到中午還不起床。同時，也因為家裡沒有電視機，以致自己如此孤

陋寡聞而感到十分難過。

「當然是真的，誰還會騙你？難道你從來不看電視？」阿芳又是不屑地搶著插嘴。

「阿芳，你走開，少在這裡囉嗦。」陳香擺出了女主人的架子，揮揮手把阿芳趕走。「阿梅，喝咖啡呀！」

阿梅啜了一口，立刻皺著眉頭說：「好苦！」

阿香笑了，大聲叫阿芳來給阿梅加糖加牛奶，自己卻是骨碌骨碌地把一杯又燙又苦又澀的黑褐色的液體大口喝光。

「奇怪，你喜歡喝這種苦苦的東西？」阿梅不解地問。

「為了怕發胖，為了提神，不愛喝也得喝呀！」陳香聳聳肩，雙手一攤，模仿著洋人常做的姿勢。

阿梅還是不怎麼了解。不過，她心裡卻這樣想：假使我也像陳香這樣有錢的話，才不要喝這種苦汁。我要每天早上吃小籠包、冬粉鴨、豬腳麵線……，還要……。唔！小鶯她們老是說我長得漂亮，慫恿我去當歌星，現在，我找到了一個身為紅歌星的同學了，她是不是會引導我往這條路上走呢？

這一天的下午，陳香帶阿梅出去吃館子，逛委託行，又喝了下午茶。走到哪裡，都有認識的人圍過來跟陳香打招呼，而那些又全都是色瞇瞇的男人。他們一面跟陳香說著吃豆腐的話，一面瞟著阿梅，眼裡露出了饑渴的表情。有幾個還纏著陳香說：「莉娜小姐，把這位美麗的小妞兒，介紹給我們嘛！」但是，陳香理也不理他們。

對這種新鮮的經驗，阿梅感到又害怕又興奮。她害怕那些男人色瞇瞇的眼光；但是，他們把她當做小女孩般的欣賞和讚美，又使她飄飄然樂不可支。她不知道陳香為甚麼不介紹她給那些人認識，是認為她太土嗎？

喝完了下午茶，阿梅正在樂不思蜀，希望再有下面的節目時，陳香卻對她說：「阿梅，該回去啦！否則伍老師在家就要害相思病了。」

「那個木頭人才不會！他根本連正眼都不瞧我一下的。」一提起伍唯仁，阿梅就有氣。

「喲！我才不相信！這麼美麗的太太，他會不看？阿梅，我們下次再玩吧！說真的，你的三個孩子一定等著媽媽回去了。下次我來看你好嗎？」

「不，不，你不要來，我們那個地方難找。有空我會去你那裡的。再見！」

無可奈何地，阿梅只好和她的歌星同學分手。她知道第一次不好意思叫陳香幫忙，反正有的是機會，慢慢再說吧！回到王大媽家裡，已超過了平常吃晚飯的時間，三個孩子早已餓得哭鬧不休。阿梅帶了一包餅乾回來堵住他們的嘴，還跟王大媽她們吹了半天牛才帶孩子回家去。反正她自己不餓，伍唯仁找不到晚飯吃活該！沒有本事的男人就是要受點罪。

在家裡，伍唯仁正滿頭大汗，手忙腳亂地在弄飯。阿梅慢條斯理地換下上街的衣服才進廚房。伍唯仁並沒有把燒飯工作馬上交給妻子，他一面切菜一面問：「玩得痛快吧？我還以為陳香還要留你吃飯哩！」

「當然好玩！人家不像我嫁了個窮丈夫。死鬼！走開吧！看你把菜切得這麼難看！」阿梅一把就把伍唯仁手中的菜刀搶過來。

「你去休息，這頓飯我來燒吧！」伍唯仁一向是個體貼的丈夫。

「算了，我沒有這樣好命。你燒的菜我不敢吃。」阿梅冷冷地回答著，沒有看丈夫一眼。伍唯仁默默地退了出去。他不知道自己甚麼地方得罪了妻子，更不明白妻子為甚麼對自己愈來愈冷淡。

過了幾天，阿梅又去找陳香；不過，這一次她不敢在上午去，而且也懂得先打電話約好。到了陳香家裡，陳香又像上次那樣蓬頭垢臉、穿著睡袍來接見她，而且呵欠連連，彷彿還沒有睡足似的。阿梅忍不住就問：「現在已經是下午兩點了，你還沒睡夠呀？」

「唉！幹我們這一行的，哪像你們做太太的好命？你曉得我昨天晚上幾點鐘才睡？四點！天都快亮了。」陳香猛吸了一口香煙。阿梅注意到她的嘴唇是紫黑色的。

「為甚麼呢？總不會唱到那樣晚吧？」

「應酬呀！阿梅，你是不會懂的。你也不要多問，你是個純潔的家庭主婦。」

「不，陳香，我不喜歡做家庭主婦，一天到晚就只能關在家裡燒飯帶孩子，煩都煩死了。朋友們說我長得好看，都鼓勵我去當歌星。陳香，你看我夠資格嗎？你願意幫忙嗎？」阿梅乘機提出了要求。

「阿梅，這是何苦呢？」陳香瞥了阿梅一眼，搖了搖頭。「我可不願意害你。」

「甚麼害我？你根本就不願意幫忙。」阿梅不高興了。

「我說你不懂就不懂，我們這裡面，有多少見不得人的黑幕。你以為憑著一張美麗的臉蛋，會唱兩首流行歌，就可以在歌壇中混天下，沒這樣簡單哪！」

阿梅聽了，低著頭不說話。陳香看了又覺有點不忍心。「你真的很想去試試？伍老師不會反對？」

「他不會管我的。那個死人，他甚麼事不管。」一提起伍唯仁，阿梅的臉上便寫滿了怨懟的表情。

「這樣吧！阿梅，我跟一個電視臺的歌唱節目的主持人很熟，我託他安排你在節目裡唱一首歌，假使你唱得好，自然有人注意你，發掘你的。」陳香很聰明，她想出了一個既不使阿梅失望，而自己又不必負責的辦法。

「好呀！陳香，你太好了。將來要是成功了，我一定要好好的謝你。」阿梅衷心地感謝老同學的幫忙。憑著陳香這一句話，她已開始在做紅歌星的夢。

這個下午，陳香除了請阿梅喝咖啡以外，一點也沒有出去玩的意思。到了四點多鐘，阿梅坐得有點不耐煩了，就試探著問：「陳香，你今天不出去？」

「不了，我想在家休息。」陳香歪坐在沙發上，懶洋洋地回答。其實，她是不想帶阿梅出去。那天，那些男人貪饞的眼色，使她為阿梅擔心，她不想拖自己的老同學下海。

但是，阿梅哪裡會明白？既然沒有出去玩的機會，她也就不想呆坐下去，還是回去練練歌算了。啊！對了，到電視機前演唱，還得行頭，我那件唯一的薄紗洋裝行嗎？要做一件恐怕得花上一千元，家裡實在也拿不出來，何不……

「陳香，假使我有機會到電視公司去唱歌，你可以借一件衣服給我嗎？我的衣服恐怕不行哩！」阿梅已經站起來告辭了，忽然又想起了這件事。

「阿梅，這有甚麼問題？你要穿哪一件，就儘管來拿吧！或者，你現在先拿回去也沒有關係呀！」阿梅的煞有介事，陳香不免覺得可笑；不過，她慷慨的答應了阿梅，而且還帶她進房間去看她的衣服。

陳香一打開那一丈多寬的柚木壁櫥時，阿梅卻看得呆了。散發著芳香的壁櫥中，掛滿了各式各樣漂亮的時裝；長的、短的、紗的、綢的；夜禮服、旗袍、襯衫、裙子、洋裝、褲裝、運動裝、睡衣、睡袍……甚麼顏色都有，簡直就像是委託行的櫥窗。

「陳香，太棒了！這麼多衣服，你怎麼穿得完？」阿梅叫了起來。

「這也沒甚麼，別人比我還多哪！阿梅，你挑一件吧！」

阿梅摸摸這件，摸摸那件，覺得每一件都好，不知道如何決定。後來，還是陳香幫著她，選了一件鵝黃色閃亮的無袖迷嬉裝。陳香說這件會使人顯得白皙而年輕。阿梅當時就在鏡前試穿了一下，正合身。大圓領露出了她一截白嫩的胸部，看來真是年輕了十歲。

陳香走過來，摟住她的肩膀說：「阿梅，你現在像個十七八歲的小姑娘了。」

「不要亂講嘛！我的兒子都九歲了。你才是小姑娘。」阿梅嘴裡謙虛，心裡卻是樂得渾陶陶的。她想：憑自己這副長相，應該是不會永遠埋沒下去的吧？

阿梅開始準備上電視了。她本來想把這件事守密的，可是又想找個人商量，結果，還是告訴了王大媽和小鶯她們。沒想到，她們比阿梅自己還要緊張和興奮，七嘴八舌地爭著為她出主意：到時唱甚麼歌？穿甚麼衣服？衣服問題解決了，唱甚麼歌好呢？這時，阿梅才忽然驚覺：幾年前，自己一直在作著歌星夢；然而，自己會唱甚麼歌呢？小時候在學校裡所學的幾首歌早就忘了，就算沒有忘，那些歌也不適宜一個成人演唱。想來想去，自己現在會唱的就只有一首〈望春風〉了。那也是她在童年就學會的，而且用的是她家鄉的方言，她自信能倒背如流。

「好，你就決定唱〈望春風〉吧！這首歌現在最流行，很多名歌星都喜歡唱它。」阿梅身邊的「智囊團」王大媽和小鶯等一致贊成。從這一刻開始，阿梅無論在掃地、燒飯、洗衣，或者揩抹桌椅時，嘴裡總是哼著這首臺灣小調。伍唯仁偶然在家聽見了，心裡暗暗稱奇，他不知道他的小妻子近來何以變得心情愉快。

到了要上電視那一個晚上，阿梅提早吃了晚飯，穿上陳香那件衣服，打扮得像新嫁娘一般，在她的智囊團和三個孩子的簇擁下，大破慳囊，僱了兩部計程車，直奔電視公司。在妻子出門的前幾分鐘，伍唯仁才知道了真相。一時間，他都給弄糊塗了。他沒有反對，也沒有說甚麼。阿梅的性格他是知道的，她一向獨行獨斷，想做甚麼就做甚麼，反對又有何用？

電視公司的休息室中坐滿了來參加歌唱節目的媽媽們，這當中，阿梅是最年輕最漂亮的一個。她一走進去，立刻引人每一個人的眼光。阿梅當然察覺得到，她感到很得意：小鶯她們的看法沒有錯，我是很出色的啊！

她抽到了第五號出場。不知怎的，她忽然間怯場起來，輪到第四號時，她更是緊張得雙膝發抖。主持人喊第五號的伍太太出場時，她全身都在顫慄，幾乎連腳步都不穩。她昏眩地站在臺上，握著那具小小的麥克風。樂隊在她身後奏出了配樂，但是她根本不知道甚麼時候該跟進去。好不容易跟進了，又發現自己的拍子老是不對，而且聲音總是被樂聲遮蓋著。她一面唱一面冷汗涔涔而下，短短一首歌，竟似捱了一個世紀。到了樂聲終了時，她忘了在家裡預習好的那個嬌媚的微笑和優雅的一鞠躬，就像逃避甚麼似的急急走回後臺。臺下響起了稀疏無力的掌聲，那是王大媽幾個和她的孩子們的。

沒有勇氣回到觀眾席上，阿梅再也顧不了他們，就獨自搭公共汽車回家去。家裡狹小而冷清的客廳中，伍唯仁正低頭在桌上改簿子。看見妻子獨自回來，不免驚訝地問：「他們呢？」

沒有聽見回答，他抬起頭一看，只見阿梅頹然地坐在椅子上，不但完全消失了出去時那種飛揚的神采，那張塗滿了化妝品的臉，也變得黯淡無光，眼角還彷彿帶著淚光。他駭然了。

「阿梅，怎麼啦？」

沒有回答，阿梅卻哇的一聲哭了起來。伍唯仁放下筆，走過去，輕輕拍了拍阿梅的肩膀說：「不要哭，有甚麼事我來替你解決。」伍唯仁以為阿梅在外面受了誰的欺負，準備適時地給予她以男性的保護。

「我——我對不起你。」阿梅忽然撲倒在丈夫的懷裡。

「你說甚麼？」伍唯仁的聲音都變了。他想起阿梅對自己的冷淡，近來的喜愛打扮和經常外出，他以為……

「是我不好，我一直嫌你窮，嫌你古板。我以為自己長得漂亮就可以去做歌星。賺大錢。但是，我現在知道自己完全錯了。怪不得陳香羡慕我好福氣。我沒有做歌星的命，還是在家裡做主婦好。」阿梅把頭埋在丈夫的胸前，這時，才發覺他是這個世界上唯一可以倚靠的人。

「阿梅，我也不好，我太沒有本事，不會賺錢，年紀又大了。以你這樣漂亮，本來是可以嫁一個好一點的丈夫的，我真對不起你。」伍唯仁撫著阿梅那頭被噴髮膠漿得硬硬的頭髮，他不明白妻子為甚麼會說出那樣的話。不過，此刻阿梅假使告訴他自己有外遇，他也很可能不予追究的。

「你不要說了，不要說了，是我不好！」阿梅還在抽咽。

「媽媽！媽媽！你為甚麼不等我們嘛？」不知甚麼時候，三個孩子已從外面回來，王大媽她們也跟在後面。她們看見阿梅臉上的表情，也就沒有進去打攪，悄悄都退了出去。

小小的屋子內，父母子女一家五口團聚在一起。老么早已坐在媽媽的膝上，老二跳上爸爸的肩頭，老大也倚在媽媽身邊。阿梅摟住他們，望著雖然已到中年卻還不顯老的丈夫，忽然感到心滿意足起來。她覺得自己很笨，幸福已在眼前，卻還千方百計到外面去尋找。

獨腳戲

午睡起來，容太太正懶洋洋地坐在梳妝桌前到指甲。房間裡雖然開著冷氣機，但是還有著悶熱的感覺。她正在心裡盤算著：今天晚上到張太太家裡打牌好呢，還是約雪貞出去看電影。張太太家裡沒有裝冷氣，熱死人。看電影嘛，又沒有甚麼愜意的片子。一個人太閒了也不好，一天二十四小時簡直不知道怎樣去打發。

客廳的電話鈴響了起來。她懶洋洋地站了起來，放下指甲銼，懶洋洋地走到客廳，懶洋洋地拿起話筒。準沒有好事，一定是老頭子說今晚有應酬，要不然就是女兒說不回來吃飯。也好，反正她懶得燒，她再無聊，也不願幹老媽子的事。

「喂！」她懶洋洋地問。

「媽，我——」電話的那頭，果然傳來的是念湘的聲音。

「妳這個鬼丫頭，又不回來吃飯是不是？我看妳，簡直不要這個家啦！」她的勁兒提起來了。母女兩人，平日難得有說話的機會。如今，雖然是在電話裡，她想到女兒的種種不是，就巴不得痛痛快快的罵一頓。

「媽，儘管罵吧！妳以後再也沒有機會罵我啦！我不但今天晚上不回家吃飯，以後也不會再回來了。」

「妳說甚麼？妳別想嚇我！」容太太想起女兒在高中剛畢業的時候，因為考不上大學，被父親責罵而出走的往事。那次，她只不過在同學家躲了一夜就畏畏縮縮的自動回來了。雖然時間已過了七八年，但是，女兒還是那塊廢料，料想她也沒有甚麼大本事能夠到哪裡去。要是她能夠出走到美國去，那更是求之不得，正可向別人吹牛說女兒留學去了。

「媽，我幹嘛要嚇唬妳？妳不相信，就等著瞧吧！反正我是不回來了。」

「鬼丫頭，妳到哪裡去了嘛？這到底是怎麼一回事？」做媽媽還是有點緊張，因為她只有這麼一個寶貝女兒，要是真的跑掉，那她就連罵的對象也沒有了。

「我結婚了。」電話的那頭，那個「了」字拖得長長的。

「妳結婚了？跟誰？在哪裡結的婚？」容太太腦裡轟轟然的，就差點沒有昏倒。完了，假使鬼丫頭真的偷偷跟那個窮小子結了婚；那麼，她幻想中豪華的婚禮，她掛著主婚人紅條高坐臺上的那份得意與豪情也跟著泡湯啦！而最重要的是，她想跟金臺貿易公司的陳董事長攀親家的希望也落了空。

「還會跟誰嘛？我又不是那種朝秦暮楚的女人。」念湘從小就不愛讀書。但是，她說話時卻最喜歡夾雜些不三不四的成語。「我就是跟那個你最討厭的，最瞧不起的窮小子——林斗結婚呀！」

「這樣說，你是真的跟那個沒出息的阿斗結婚，故意氣死我了。」容太太用手撫著心口，有氣無力的說。她覺得呼吸開始有點困難。

她一想到那個阿斗，就恨得牙癢癢地。他們容家，雖然說不上是富貴人家，然而，憑著容先生主任秘書的地位，總算是屬於中上流社會的階級。而他們唯一的寶貝女兒的姿色，也算得上相當出眾，憑著這些條件，她是很有資格嫁給陳董事長的兒子的。但是，她卻鬼迷心竅似的，愛上了那個沒出息的，連夜間部都沒有唸完，搞影劇工作的阿斗。那個臭小子，光是看外形就使人不順眼。頭髮長得像女人，老是穿一些奇形怪狀的衣服。只是，一張嘴甜得像塗了蜜糖似的，每次到家裡來，容媽媽長，容媽媽短的叫個不停。念湘恐怕就是被這一張嘴所迷吧？

「媽，不要動不動就用這頂大帽子扣下來。妳知道，我和他已經戀愛了兩年多了。我今年已經二十七，你總不希望我做老處女吧？」

「你們現在在哪裡？」容太太的呼吸一陣緊似一陣，她想去吃藥，但是又不能夠離開電話機，她有好多話要跟女兒說。

「媽，妳找不到我們的，除非你們承認了這頭婚事。」

「妳這個大膽而又不孝的丫頭，你事先根本就沒有徵求我和爸爸的同意，叫我們怎樣承認嘛？快點告訴我，妳現在在哪裡？你們怎麼忽然想到要結婚的？早上妳不是去上班了嗎？」

「怎麼忽然想到要結婚？」電話那頭傳來一聲冷笑。「媽，妳忘了，我和林斗已經來往了兩年多，而且我已經二十七歲。妳不是很怕聽見別人問妳女兒幾歲嗎？我遲遲不結婚，妳的臉上也沒有光彩呀！再說，我也不願意永遠在那家破商行裡當會計。」

結婚，我當然希望妳結婚。但是，我理想中的對象不是這個長頭髮的阿斗；不是以前那個滿臉青春痘、長得又瘦又矮的保險公司業務員；也不是那個一身橫肉、活像打手似的體育教員。我理想中的乘龍快婿是陳董事長的兒子，或者是任何一個回國娶親的留學生。唉！念湘呀！妳這個不中用的女兒，妳不是這塊料，你已經二十七歲，又連大學夜間部都沒有考上，容貌雖然還不錯，可是人家董事長的兒子或者任何一個留學生都不會要你的。

容太太一想到這裡，心裡開始一陣陣的絞痛。每次，她因為被女兒的不成材而引發心臟病的時候，就懷疑那是上天對她的懲罰。她想：她一定是前生作了些甚麼孽。所以，上天才賜給她一個這樣使她丟臉的女兒。沒有上過大學，到了二十七歲還不結婚。別人的兒女一個個都出國深造去，而她只是一個商行中的小職員使得做媽媽的人前抬不起頭來。

「媽，我要掛斷電話了。拜拜！」

「念湘，等一等，妳真的不肯告訴我妳現在在哪裡？妳真的那樣絕情？無論如何，我們總是母女一場，難道就此不再見面？」容太太用手輕輕的揉著自己的心口，她開始有著窒息的感覺。

「我沒有這個意思呀！只要媽一點頭，今天晚上，我跟林斗就回家拜見媽和爸爸。」

「妳先告訴媽，你們用的甚麼方式結婚？結了婚住在哪裡？你們怎樣過日子？阿斗賺的那麼一點點錢怎樣養活妳？我說呀！念湘，他一個月的薪水都不夠妳做一件衣服哪！」容太太的聲音變得很微弱。說到這裡，她忽然想起，女兒一向是花錢的，房間裡掛滿了整整四個衣櫃的衣服，她這次忽然私奔去結婚，假使不再回來，那些衣服豈不可惜？

「媽，妳放心吧！我們又不是三歲小孩子，這些哪要妳操心？我們是堂堂正正地公證結婚的。我們現在租了一層一廳一房的二樓來住。林斗的薪水雖然少，但是餓不死我們的。再說，就是我們餓死了，妳也看不見，何必瞎操心呢？」

一陣乾澀而刺耳的笑聲從電話那頭傳過來，幾乎把容太太的耳膜震烈。她把話筒拿得離耳朵遠一點，一手按住胸口，喘著氣，用沙啞的聲音說：「念湘，別——別這樣！你們到底住在哪裡，告——告訴我呀！」

「告訴妳有甚麼用？妳又不是要來看我們。妳不是說看到林斗就有氣嗎？」

「念湘，妳——」容太太想說甚麼。可是，她的胸口似乎被塊大石堵住，彷彿快要窒息。

「等一等，不要掛斷。」她喘息著說完了這句話，立刻放下話筒，蹣跚地走進臥室，從床頭櫃上拿起一小瓶藥丸，丟了一顆到嘴裡，一仰頭，把它吞了下去，又走回客廳。

拿起話筒，「喂」了一聲，還好念湘還沒有掛斷。

「念湘呀！我說，你愛林斗那個小子嗎？」吃了藥，容太太的精神馬上好得多。

「媽，妳這不是廢話嘛？我不愛他，怎會嫁給他？」

「我的意思是，妳是真心愛他呢，還是一時被他迷惑？他那身時髦的打扮，還有那張會說話的嘴，都是很容易使你們這種傻女孩子上當的呀！」

「媽，你怎麼忽然關心起我來呢？」電話那頭，又傳來一陣刺耳的笑聲。「反正我已經嫁給他了，妳管我是真心的愛還是一時迷惑？媽，我想不到，你從來不看報上的家庭版，也不看那些婦女雜誌的，怎麼也懂得這一套呢？不過，你現在說這些話，已經太遲。假使，在十年前你會這樣關心我，那麼，今天的我就不是這個樣子了。」

十年前？容太太由於內疚而感到一陣昏眩。十年前的念湘只有十七歲，正在一家聲名狼藉的私立高中上高一。這件事實，使得容太太記得念湘從小就不愛讀書。所以，初中高中都上的是末流學校；所以，也就連大學夜間部也考不上。這件不光榮的往事，容太太早已把它深深埋在心底。現在，由於女兒的一句話，使她不得不喚醒自己的記憶。突然間，容太太有著被人揭開瘡疤的難堪。

「媽，怎麼啦？妳為甚麼不說話了？」

「我一向都很關心妳的呀！只是，妳從小就不聽話。」容太太的聲音非常軟弱無力。

「關心我？媽，我已經不是小孩子，妳還拿這句話來誆我？我的好媽媽呀！妳不如承認了這個事實吧！妳從來不曾關心過別人，包括我和爸爸在內。妳只關心妳自己。妳只知道打扮和搓麻將。媽，我還要告訴妳，妳的心臟病是因為經常打牌熬夜而起的。假使你不是那麼沉迷於牌桌，妳只要分出妳打牌的時間的二分之一，甚至三分之一來照顧爸爸和我，我們的這個家便不會變成這個樣子。」

女兒一頓大膽而無情的搶白，使得容太太慌張得一時手足無措。假使念湘現在站在母親面前的話，她一定可以看得到母親慘白而滲著冷汗的臉。

「念湘，妳—妳——」容太太握著電話筒的手在發抖。雖然她已極力壓制，但是令她內疚而難堪的往事卻還是毫不容情地一幕一幕地湧現腦際。

十七歲的念湘，經常逃學，一天到晚跟太保學生們鬼混在一起，學會了抽煙和喝酒，有時，甚至偷家裡的錢出去花。這些事，容太太起初毫不知情，因為她在家的時間太少了，只有一個孩子，丈夫又有的是錢，家裡沒有甚麼可忙的，我為甚麼不趁著年紀還輕，痛痛快快的玩幾年？這是容太太向朋友們所發表的論調。等到有一天，當她正穿著一件從委託行中買來的香港時裝，在朋友家中坐在牌桌旁邊玩得起勁時，容先生從辦公廳打電話給她，她才發覺女兒已幾乎淪為不良少女。現在，正因為擅自舉行舞會的罪名，跟幾個不良少年被扣押在警察局裡。

多丟臉啊！把女兒保釋回家以後，她狠狠地打了女兒一頓，又把女兒關了一個時期。當時，她並沒著想到這是自己疏於管教的結果，而認為只是女兒交了壞朋友。往後，女兒的行為雖然稍稍變好了一點，但是留級留了兩次。中學畢業以後，又一連三年連夜間部大學都考不上。她對這個沒出息的女兒簡直可以說得上痛恨。不為別的，只因為女兒丟她的臉，使她在親友面前抬不起頭來。每一次，當她聽到別人的子女考上著名的大學或在出國留學時，她就好像被人當面摑了一個耳光那樣的難受。這兩年，念湘長大了，變得懂事起來，母女之間的感情也似乎比過去融洽，可是她又開始為女兒的婚姻著急。每當有人問及她女兒的年齡，她敏感地以為人家諷刺她女兒嫁不出去。

如今可好了，女兒嫁是嫁了，女婿是個既無才又無財的浪蕩子，而且，還是祕密結的婚，說得不好聽，女兒是私奔了。

「念湘呀！你做得好事，妳叫妳爸爸和我以後怎樣見人呀？」容太太用盡全身氣力，大叫了幾聲，然後，就放聲大哭起來。這時，她的心臟，像是一個洩了氣的風箱那樣，只能夠微弱的抽搐著。她的面色發青，冷汗直冒。手一鬆，話筒就掉了下去。

她知道自己又要發病了。連忙兩手捧著心，蹌蹌踉踉的回房間裡去吃藥。當她經過女兒的房間，忽然想到要進去看看。她走進念湘的房間，看見床鋪鋪得好好的，一切的擺設也都整整齊齊，不像匆匆出走的樣子。她明明記得，早上她醒過來的時候，還聽見念湘來回走動的聲音，後來，念湘就出去了。她以為女兒是去上班，怎會想到她竟是一去不回呢？

容太太伸出軟弱無力的手，把女兒衣櫥的門打開，那四個併立著的衣櫥，裡面除了幾件過時的舊衣以外，已是空空如也。看來，念湘的出走是有計劃的。

一陣昏眩，容太太就倒在女兒的床上，她連回到自己房間裡的氣力都沒有了。

女為悅己者容

「世界上十大最有魅力的男性：林賽、亞蘭德倫、保羅紐曼、佛蘭克辛那脫……。活見鬼！憑他那張滿是皺紋的猴子臉，瘦皮猴居然也算是最有魅力的男性？真是天曉得！」卓元秋把一份報紙遠遠地捧在離開眼睛一英尺半的地方，一面看，一面喃喃自語。

坐在她旁邊的小張本來正在埋頭做報表的，這個傢伙不知道為什麼耳朵那麼尖，她雖然是在喃喃自語，但是卻被他聽見了。

「卓大姐啊！你這句話可就不對了。你不喜歡佛蘭克辛那脫，人家十八九歲的小妞兒才喜歡哪！你知道嗎？少女們就是喜歡中年男人。因為成熟的中年男人才夠魅力呀！是你們那個時代的人才喜歡小白臉的。」小張頭也不抬的說。

「你們那個時代」，這句話簡直是莫大的侮辱。卓元秋心中恨得直罵小張「死相」，可是她又沒有勇氣罵出來。因為小張是有名的抬槓專家，跟他辯，只有自己吃虧的份兒。因此，她只是狠狠的瞪了他一眼，沒有作聲。

「小張，既然小姐們都喜歡中年男士，怪不得你這位『少年家』討不到老婆啦！」坐在對面，正在打毛線衣的鄒大姐也答上了腔。

「對嘛！所以我訂了一個二十年計劃，打算五十歲才結婚。」小張得意洋洋的說。

「說真的，小張，你們男人就是佔便宜、好福氣。四五十歲的人，娶二十歲的小姑娘好像是理所當然的事。但是，我們女人到了三十歲還嫁不出去，人家就——」鄒大姐說到這，偷偷望了卓元秋一眼，連忙把下面的話縮了回去。

卓元秋越聽越不是味道，越聽越生氣，就悻悻的站了起來，提著皮包到洗手間去。

近年來，卓元秋有了一個毛病，一生氣就要上洗手間。所以，跟她相處得比較久的同事都知道，她假使在辦公時間提著皮包出去，就一定是上洗手間。

「她生氣了！」小張向鄒大姐做了一個鬼臉。

「真不好意思，其實我是無心的。」鄒大姐倒是滿臉的自疚。

卓元秋在洗手間裡對著鏡子生悶氣。她氣小張和鄒大姐的話；也氣自己乾枯得擠不出半滴油的皮膚和高聳的顴骨，她認為這是使自己顯得老相的致命傷。她非常的嫉妒鄒大姐，鄒大姐的皮膚是那麼光潔，圓臉是那麼甜，雖然做了外祖母，看來卻好像只有三十幾歲。不過，鄒大姐也有她的缺點？太矮太胖了，就像個水桶似的。這種身材，怎能跟自己高挑苗條的身段相比？

從皮包中搬出一大堆化妝品，卓元秋在臉上狠狠地塗了一層厚厚的營養面霜，打上粉底，再撲上粉；然後又在她那嘴角已經下垂的嘴唇上再加添一些口紅。望了望鏡中自己那副清瘦得像是服裝模特兒的胴體，這才滿意地攏攏頭髮，昂著頭走回辦公室。

她出來的時候科長還沒上班。現在，她到洗手間去了二十分鐘，科長卻已端坐在他的寶座上了。科長看見她提著皮包走進來，以為她現在才到，就故意看了看錶。卓元秋昂然走回自己的座位坐下，理也不理她的上司。她不怕他，處長跟她的表叔是老同學，而她的表叔又是中央級的民意代表，來頭不小，她用不著怕這些芝麻綠豆的小官。何況，他們這個資料室本來就是養老院，除了小張以外，誰也沒有什麼工作，何必窮緊張？你這個科長，還不是天天遲到早退？

她捧著面前的報紙，繼續看下去。她聽見鄒大姐又在跟一個年長的男同事老吳在談她的孫女，講得眉飛色舞。討厭！這簡直是在炫耀，在氣我嘛！鄒大姐今年四十五歲，女兒已經結婚一年多。幾個月前，她又晉級做了外祖母。於是，從此以後，逢人就誇說自己的孫子如何白胖，如何可愛，如何乖巧；遇到有興趣的「聽眾」，她還要拿照片來證實一番。那些照片，每個月不同，而且每次都一大疊。她自己得意洋洋的，但是別人可煩死了。娃兒們還不都是這副德性：幾根稀疏的胎毛、一雙小眼睛、滿臉都是肉，有啥子好看的？偏偏鄒大姐不懂心理學，看在同性的份上，老是把卓元秋當作吹牛的對象。「卓大姐，你看，小寶又照了新照片了。」「卓大姐，小寶會坐了，你看小寶這副頑皮模樣！」

卓元秋覺得自己越來越討厭鄒大姐了，她討厭她老是炫耀自己的後代；她討厭她稱自己為大姐，雖則她事實上也比鄒大姐大幾歲；但是她也用相同的稱呼回敬她。更氣人的是：儘管姓鄒的已做了祖母，而她自己還是小姐身分；然而，男同事們都是對姓鄒的比較親熱，對她則總是抱著敬而遠之的態度。每個人都一天到晚在誇姓鄒的駐顏有術、永保青春；可是卻沒有一個人稱讚她一句。這簡直是教人受不了嘛！憑姓鄒的那副水桶身材，哼！

她繼續看報，又有一則小新聞吸引了她。一個六十三歲的山地老婦跟一個十九歲的青年結婚。這老太婆真不要臉，雞皮鶴髮的年紀了，還有勇氣嫁給孫子輩的人，這不是活得不耐煩嗎？那個青年準是看中了她的家產，說不定正計劃著要謀財害命哪！想著想著，她竟忘了這個恐怖的意念而有點洋洋自得起來。人家六十多歲都還有人娶，我比她年輕了十幾歲，有一副服裝模特兒的苗條身段，而又受過高等教育，條件不知比她好了多少倍，怕什麼？急什麼？想當年，自己雖然不是個大美人，但是也曾顛倒過不少男人呀！

那個有著一雙圓圓的大眼睛的小男孩，該是她這一生中最早遇到的愛慕者了。那個時候他們都還只是五年級的小學生。他天天在路上等她一起上學；時常採野花、撲蝴蝶給她；口袋裡假如有糖果、花生什麼的，也不忘分她一把。當然，他們的「交情」也只限於如此而已。到了六年級，他轉學他處，從此就失去了音訊。奇怪的是，四十多年以後，她卻仍然記得他，不但記得他的臉，還記得他的名字——徐世光，一個極平凡的名字，不知道她怎會記得的。

中學的時代，她進的是女校，與男生絕了緣。但是，她卻偷偷戀慕著一個教國文的男老師。在大學裡，是她一中生的黃金時代，兩個男生、一個助教，都向她表示過愛意；然而，那個時候的她，卻是驕傲得有如女神一般，眼高於頂對他們不屑一顧。

離開學校以後，她進入一家貿易公司做事。她的頂頭上司，一個年輕的股長立刻向她展開愛情攻勢。那個人外表不錯；學識程度也和她相當，兩個人也還談得來。然而，他在請她去看過幾場電影、吃過幾次館子以後，居然就要求她一起到旅館去開房間。她一怒之下，狠狠地摑了那傢伙一記耳光，從此就不再去上班。

男人都不是好東西，這是她從那個股長那裡得來的一個觀念。而這個觀念還顛撲不破的，一直盤據了她的腦海中十幾年。起初，她在男人面前總是首先的築起籓籬，擺起一副神聖不可侵犯的面孔；漸漸的，她的性情也越來越孤僻、冷酷、自大而不近人情，甚至連同性也相處得不好。在三十歲以前，人家稱她為聖女。三十歲以後，「老處女」、「老小姐」、「怪物」……這些封號便一個個的加到了她的身上。此時的她，再也驕傲不起來了，但是，她還是不願意向男人妥協。儘管她的意志已開始動搖，內心開始感到怯懦，表面上，卻還是倔強的。

她的親友都為她焦急，很多人都好心的要為她介紹對象；可是，每次「相親」的結果，她都是吹毛求疵的，沒有人使她看得順眼。她不是嫌人家露出了一顆金牙，就是嫌人家頭油搽得太多；不是嫌人家在說話時兩條腿亂晃，就是嫌人家在剔牙齒時不用手掩著嘴。有一次，她的一個長輩給她介紹了一位想續絃的中年商人，大家一致認為：這個人的一切條件都很適合她；然而，她卻因為他穿了一雙紅襪子而拒絕再度和他見面。俗不可耐！這是她對他的評語。

她的同學和女友一個個結了婚，然後一個個的子女開始長大成人。那次，她在參加了班上最早結婚的李少玫的女兒的婚禮後回來，就藉著微微的酒意而大哭了一場。李少玫比她小一歲，外表看來又比她年輕得多。人家都做岳母了，我這算什麼啊？「獨立的女性」？呸！獨立就是孤立，我倒寧願做一株攀附著女蘿的菟絲花啊！女人到了更年期，小毛病多少總有一點。四十歲以後，她每逢身體不舒服，就大起恐慌，終日疑神疑鬼的以為自己已患上癌症。當她想到將來老年以後，萬一生病而竟連一個照顧自己的人都沒有時，更是驚惶得像是一個失足落水的人，只有伸手亂抓一通的份兒。

脾氣古怪，心理變態，現在，跟她認識的人都在背後這樣批評她，也沒有人有勇氣再給她介紹對象。她惶恐、憤怒、怨懟，自卑而又自傲。為了掩飾日漸衰老的容顏，為了填補心靈上的空虛，也為了提高自己的身分，她開始把大筆的錢花費在購買化妝品和衣飾上。不過，這又有什麼用？在別人眼中，她還是那個嫁不出去的、年將知命的老小姐啊！

「卓大姐，電話！」小張把她從冥想中喚醒。她迷迷糊糊地接過電話，裡面立刻傳出一連串尖銳的女高音。

「元秋嗎？喂！晚上有沒有空？下了班到我家裡來吃飯好不好？」那是她的同學馮惠芳。

「什麼事呀？家裡有誰生日嗎？」她懶洋洋地提不起勁的問。

「怎麼？沒有人生日就不能請你吃飯？」馮惠芳有點不高興。

「不是說沒有人生日就不能請吃飯。不過，總得有個名堂呀！譬如說：你做了一樣家鄉菜了什麼的，對不對？」聽得出老同學不高興的聲音，她連忙的解釋著。

「對！猜對了！今天晚上有好菜。你下了班就來啊！」對方滿意的笑了。

「還有別的客人沒有？」她不放心的又問。

「有是有。不過，主客還是你。」馮惠芳有點吞吞吐吐的。

「是誰？」她立刻敏感了起來。以前就有過這樣的經驗，馮惠芳臨時約她去吃飯，事先完全沒有說明，害得她隨隨便便的穿了上班的衣服就去，原來卻是「相親」。當然，由於她沒有準備好，結果泡了湯。所以，以後凡是馮惠芳請客，她就提高警覺。

「你不認識的，是丁永辰的朋友。」

「哦！好吧！我準時到就是。」她知道一定是給自己介紹朋友，心中暗喜，也就不再多問。放下電話，她立刻在心中盤著晚上要穿什麼衣服。馮惠芳也真是的，幹嘛這樣神祕，不早一點通知我，以前，沒聽說她的先生有什麼適當的朋友呀！這也管不了那麼許走著瞧吧！把自己打扮得漂亮一點是最重要的。

這一天的時間好難捱。好不容易熬到下午四點鐘，距離下班還有一小時，科座的前腳才跨出了辦公室的門口，她就急急忙忙的收拾桌子。收拾好了以後，她提著皮包走到鄒大姐的身旁，陪著笑說：「鄒大姐，今天晚上有人請我吃飯，我得回去化妝，先走一步哪！」

「走嘛！有什麼關係？反正科座都已經下班了嘛！」鄒大姐用肥滿的手拍了她一下，向她親熱地一笑。

「明天見！」她感激地向鄒大姐揮揮手，走出了辦公廳。每當她須要早退時，她才會感覺到鄒大姐是個真正的好人。

回到她獨居的家裡，首先，她放滿了一浴缸的熱水，還灑上了半瓶的洗澡香水。先洗個澡再說，反正還有一個鐘頭。她花了半個鐘頭洗澡，花了半個鐘頭化妝。正好頭髮是昨天才做的，還沒有亂，不必傷腦筋。然後，她從她那琳瑯滿目的衣櫥裡，挑選了那套新做的淺紫羅蘭色的旗袍和外套。淺淺的紫羅蘭色，既可以顯得她年輕而又配合春天的氣氛，真是再適合沒有。外套的邊沿上原來已織了一道粉紅和白色的花邊；但是，她還是覺得這一身打扮太素，又在脖子上掛上一串養珠的項鍊。

對著鏡子顧盼了一番：在她「巧妙」的化妝術下，她的皮膚似乎不那麼乾枯，顴骨也不那麼高聳。她使用了眉筆、眼影膏、粉底、白粉、胭脂和唇膏，把自己的面部重新改造了一遍，耳垂上還掛上一副養珠耳環。

雖然是提早了一個鐘頭下班，而且還坐了計程車，結果，她到達丁家時還是遲到了半個鐘頭。丁永辰和馮惠芳兩夫婦正陪著一個中年人坐在客廳裡聊天。一看到卓元秋，馮惠芳大聲的埋怨了起來：「哎呀！你這個人是怎麼搞的，這麼晚才到？我還以為你黃牛了。」

「對不起！對不起！」實在沒有理由可以申辯，她只好連聲的道歉，一面用眼尾偷偷的去瞟那個陌生人。

是個相當體面的紳士，塊頭很大，大概有五十多歲吧？戴著一副寬邊眼鏡，和和氣氣的，像是個學者或者教授。丁永辰不過是個公務員，怎會認識這樣的朋友呢？

「喂！你別忙著怪責元秋嘛！你還沒有介紹大家認識哩！」丁永辰在替卓元秋解圍。

「啊！對了！伍先生，這是我最要好的同學卓元秋小姐。」馮惠芳說。「元秋，這位伍先生是夏威夷的僑領，剛從檀香山回來。」

「伍先生，您好！」卓元秋笑瞇瞇地伸出了手。怪不得派頭就是不同啦！原來是僑領。

「卓小姐，你好！」伍先生也禮貌地向她伸出了手。

大家坐下來以後，主人還沒有開口，卓元秋就急急忙忙地問坐在她旁邊的僑領。「伍先生這次是回國觀光？還是探親？」

「啊！我這次回來是為了商務上的接洽，還順便料理一些私事。」

「元秋，伍先生在檀香山開了一家規模很大的貿易公司，手下員工就有一兩百人哪！」馮惠芳說。

「哪裡？哪裡？」伍先生和丁永辰一樣，似乎都是不善言辭的人。

「那麼，伍先生在檀香山很久了？」卓元秋很有興趣地問，一面又伸出了手，自我欣賞無名指上的那隻小小鑽戒。

「沒有太久，我也是從臺灣過去的。」伍先生說。

「伍先生是我的舊同事。」丁永辰加上了一句。

馮惠芳進廚房去準備開飯，卓元秋也跟了進去。

「元秋，這個人不壞吧？你可得好好把握機會啊！」在廚房裡，馮惠芳親熱地拉著卓元秋的雙手，上下端詳著她。「你今天打扮得真漂亮！我想：你一定早已料到我請客的目的了吧？」說著，就縱聲大笑了起來。

「死相，難道沒有目的我就不能打扮？」卓元秋狠狠地白了她的同學一眼，壓低了聲音又問：「怎麼？這個人年紀這麼大，還沒有——」

「他是想來續絃的。他的妻子已經病死很多年，兒女也通通長大，為了怕老來寂寞，特地回到這裡想找老伴兒。伍先生不但有錢，人品也很好，是很理想的對象。元秋，說真的，我也希望你這次能夠成功。」

「那得靠你幫忙了。」卓元秋幽幽地瞟了馮惠芳一眼，臉上泛起了一陣嬌羞、興奮與期待的紅暈。

馮惠芳親手烹飪的家鄉菜很可口，但是這一頓四個人的晚餐卻毫不熱鬧。因為是那位客人太沉默寡言了。丁永辰不會說話是事實，然而女主人卻是能言善道的呀！就是一向驕矜倨傲的卓元秋，今夜也十分的隨和，甚至近乎談笑風生。可是，那位伍先生不知怎的，彷彿像個半啞的人，問他一句才回答半句那就未免使得主人的有點難堪了。

也許他是個天生不愛嘵舌的人，要不然就是怕難為情吧？馮惠芳和卓元秋兩人，不約而同的都是這樣想。只有丁永辰因為對伍先生這個人認識較深，他約略猜得出這是怎麼一回事，於是，他也就索性也效金人三緘其口。

飯後略坐，伍先生開始三番四次的看錶，一副坐立不安的模樣。終於，他忍不住起身告辭。馮惠芳還想挽留，後來，因為丁永辰向她使眼色，她就改口說：「伍先生貴人事忙，我們也不便多耽誤你寶貴的時間。這樣吧？伍先生順使送卓小姐回家好嗎？」

伍先生顯然的面有難色。但是，他又怎好拒絕主人的建議呢？「好的，丁太太。」他微微的點了一點頭，就對卓元秋說：「卓小姐，請吧！」

「那就謝謝你嘍！伍先生。」卓元秋眉飛色舞地說。「永辰，惠芳，謝謝你們啊！再見！」她嬝嬝娜娜地走下樓梯，高跟鞋閣閣地響，身上的香水味一陣陣撲向默默地走在她後面的伍先生。

兩人走出短短的巷子，伍先生截住了一部計程車，把卓元秋讓了進去。他站在車外，彎下腰去對坐在裡面的卓元秋說：「卓小姐，我忽然間想起還有一件很重要的事要辦，不能送你了，對不起！」接著，他又掏出一張一百元的交給司機，對卓元秋點點頭說：「車錢我先給了，再見！」說完了，就大踏步走開。

卓元秋氣得臉上一陣紅一陣白，好半天說不出話來。司機問她要到哪裡去，她也幾乎聽不見。

剛剛送走了客人，馮惠芳就緊張地問她的丈夫：「永辰，那位伍先生怎麼那樣怪的，一句話都不講。你看，他對卓元秋可有意？」

「我看，你這次媒婆可做不成哪！人家伍先生喜歡樸實的家庭女性，你卻給他介紹這種怪物。年紀一大把，還把臉上塗得五顏六色的，又是一身香水味，當然會把人家嚇壞啦！」

「元秋也怪可憐的。你們男人就是不明白女人的心理，她為什麼要刻意的打扮，還不是想博得伍先生的好感？女為悅己者容呀！」馮惠芳急得直跺腳。「這一下叫我怎樣回覆她呢？」

「你告訴她吧！這叫弄巧反拙。」

大學女生與小工

我最討厭上第九節課了，下課正好趕上六點鐘，公共汽車總是擠得透不過氣來。像今天吧，已經有三班過站不停，好不容易擠上這一部，不用說沒有位子坐，連站也成問題。那些男人又那麼下賤，似乎都故意的往我身上擠，真氣死人！我要求媽媽買一部腳踏車給我騎去上學，媽媽偏不答應，說怕危險。真是的，人家已經是大學生了，媽媽還老是把我當小孩子看待。你看，騎腳踏車豈不是比擠公車舒服百倍？

噢！那邊有一個人下車，手上抱著這疊厚厚的書好難受，趕快去坐下。旁邊這位中年太太好像也想搶這個座位，但是我顧不得禮讓了。原諒我吧！這位伯母，你還不算是老太婆，又是空手的，而我這疊書卻差不多把我的手臂都壓斷了。

才坐下去，她就嗅到陣陣汗臭。把書平放在大腿上，空出一隻手用小手帕摀住鼻子，她發現坐在她左邊的是一個全身髒兮兮的小工。頭髮很長很髒，大概很久沒去理髮了。身上的衣褲沾滿了花花綠綠的污跡，臭味就是從他那裡發出的。她想坐得離他遠一點，可是，她的右邊也是一個男人，也是緊緊的捱住她。想站起來嘛！車子搖晃得很厲害，又抱著一大疊書，真是談何容易？

死相！那個小工的一雙賊眼還骨碌碌地在我身上溜來溜去哪！他死盯著我的書，難道他認識這些英文字？我才不相信！哎喲！不得了，他不是在看我的書，原來是在看我的膝蓋。她趕快把書往前挪一點，可是又露出了上面的大腿；沒辦法，只好照原來的樣子放著，讓他看到膝蓋總比看到大腿好。

我就是不習慣穿迷你裙，但是同學們都穿，假使我不穿，就好像變成怪物似的，也就只好從眾了。記得我穿上第一條迷你裙時，爸爸曾經大發雷霆，說要把它丟掉，不准我再穿。媽媽則是比較開通，她替我向爸爸求情，說我的裙子不算太短（事實上我的裙子只不過離膝蓋五寸，站著的時候恰到好處，只是坐下來使我有點尷尬罷了），而且規定我要在天氣暖和的時候才可以穿著，爸爸才算勉強的答應。同學們都說我穿起來很好看，因為我的腿又長又直，而且皮膚又好，她們都很羨慕我。既然這樣，我就穿吧！可是，那些男人的眼光真使我受不了，他們那種色瞇瞇的樣子總是把我嚇得魂飛魄散，後悔不應該這樣的炫耀自己的美色。真的，白天還不要緊，以後上第九節的那一天記得不要再穿迷你裙了，等一下下了車天就暗了，走在那條寂靜的街道上，萬一遇到壞人怎麼辦？

哎喲！怎麼搞的？那個髒小工整個人壓到我的身上來了，雖然是因為車子突然地來個急煞車，不過，也不應該這樣差勁呀！他一定是故意的。可惡！我這件白毛衣被他的髒衣服碰到過，回家又得洗了。

她想換過一個座位；可是，下班時間的公車，沿途都有人上來，很不幸地，她始終都找不到第二個空位，而那個小工卻又一直不下車。沒辦法，她只好用手帕摀住鼻子，皺著眉，板著臉的忍耐著。

還有兩站便到終點。現在，她終於可以離開那個可憎的小工了。她艱難地抱著那疊書，坐到離他很遠的位子上。而且用惡狠狠的眼神瞪著他，使他不敢望向她自己。

到了終站，她搶先下了車，急步走向回家的路上。

咦！怎麼後面好像有人在跟著？她回頭一看，可不是？那個滿身骯髒的小工正亦步亦趨的走在她後面哪！這一次可是完蛋了，怎麼辦？路上一個人也沒有，萬一他……

快點走！三十六著，走為上著。她艱難地抱著那疊書，在那條新舖上碎石子的街道上一步高一步低地走著。黃昏的小路上，久久都碰不到另外一個行人，大概人家都已安逸地坐在家中吃晚飯了。唉！真是的，爸爸媽媽幹嘛要搬到這偏僻的地方來住嘛？也不替每天要上學的女兒設想設想。

腳步聲緊緊跟隨著她。現在，她已不敢回頭去看了。要是他以為我對他有意，豈不更糟？

她想起了報紙社會版上所登載的「少女遇色狼」種種可怕的故事，更是害怕得渾身冒出冷汗，差一點哭出聲來。

不行，我得用跑了，像現在這樣的走法，一定會被他趕上的。

她開始拔足狂奔，但是，手中的書本太沉重了，她沒辦法跑得快。一個不小心，她的腳踢到一塊石頭，立刻，整個人便因為失去平衡而跌倒，手中的書也散落了滿地。她的腳尖被石塊碰得痛徹心脾，膝蓋也擦傷了。但是，當她想到後面那個小工馬上就會趕上她的時候，就顧不得疼痛，死命的掙扎著要爬起來。

就在這一剎那間，她發覺有人從後面抱著她，同時，她還聞到了陣陣的汗臭味。她抬起頭來往上看。完了，要來的終於來了，果然是那個小工！當然，他懂得乘人之危，這豈不是侵襲她的良機？

「救命呀！救命！」她不顧一切地尖聲太叫，那聲音在寂靜的黃昏裡顯得淒厲異常。真是天無絕人之路！她一叫，馬上就有幾個男人從路旁的巷子裡跑出來。看見有人來，那小工一鬆手，她乘機掙脫了他的「魔掌」。

她聽見，也看見那幾個男人圍著那小工在揍他。她在一場混亂中靜悄悄地撿起她的書本，一瘸一瘸地走回家去。現在，她已經可以看見她所住的那列連棟公寓的燈火。

我絕對不能告訴爸爸媽媽我被壞人跟過，我只告訴他們我不小心摔了一跤（這的確是事實嘛！）；否則，爸爸媽媽以後絕對不會再准我穿迷你裙。

她走了相當一段路，好像還聽得見拳頭打在人身上和呻吟的求饒的聲音，心中微微覺得不忍。但是，當她想到自己也受了傷，而且又受了一場驚嚇，便又狠狠地回頭向空中罵了一聲「活該」。

* *

他的身旁不知道從什麼時候坐了個美麗的女孩子。他本能的把身體往旁邊挪了挪。可是他挪不動，車子太擠了，到處都是人，坐在他另外一旁的正好是個大塊頭，像一座山似的擋住了他。他的身上太髒了，那件已經發黑的白香港衫和那條褪了色的牛仔褲全部沾滿了臭汗、水泥和油漆；而旁邊的那個女孩子卻是整潔得像個擺在櫥窗裡的洋囡囡。

他看到一雙晶瑩白皙的手按在一疊洋裝書上，而這疊書又是擱在一雙同樣晶瑩白皙的大腿上。大腿的上截被一條玫瑰紅的短裙遮住，短裙的上面是一件雪白的毛線衣，緊緊的貼著身子，顯露出兩道弧形的曲線。

把頭靠後一點，他斜過眼睛去看她臉上的側影。沒錯，剛才感覺到她美麗就是美麗。看，她的前額多麼飽滿！鼻樑多挺直！小嘴多可愛！而眼睛又多麼明亮！還有她的頭髮，長長地披在肩膀上，是那麼烏黑、柔軟、光滑，使人有著去摸它一下的衝動。

她一定是個大學生。我知道，我聽人說過的，大學生不用穿制服，讀的都是厚厚的英文書。讀過那麼多的書，她一定很有學問了吧！其實，女孩子讀那麼多的書幹嘛？將來嫁了人，要學問做什麼用？她也會嫁人嗎？她有男朋友了沒有？這樣美麗的女孩子，誰娶到了那才福氣啊！像我們這種幹小工的，將來大不了娶到阿花那一類的女孩子，一雙腿又粗又黑，說起話來老是三三八八的，看見了就倒盡胃口。

車子猛地煞了一下車，隔壁的大塊頭往他身上一倒，他不由自主又往那女孩身上一倒。他雖然極力控制著，但是他的髒衣服還是碰到了女孩子的身體。

等到大塊頭的龐大身軀離開了他之後，他連忙坐直了身子，向女孩子說了一聲「對不起」；可是，女孩子卻狠狠地瞪了他一雙白眼。

小姐，你知道我不是故意的。我知道自己骯髒、卑微，不能夠跟你們這些高貴的小姐相比，我已經極力不敢靠近你。但是車子這麼擠，別人又向我擠過來，我有什麼辦法呢？

被她這麼瞪了一眼，他連偷看她的側影都不敢了。不過，他的視線，卻又固定在她那雙在洋裝書下露出來的膝蓋上。好圓潤！好白嫩！想來下面的小腿也必定纖細而修長。可惜人太擠了，擠得沒辦法看得見。

在馬路上，也常常有機會看到女孩子們纖細、修長、白嫩的小腿，有些穿著涼鞋的，還露出了粉紅色腳趾頭和腳後跟，真是好看！他又想到了鄉下鄰居那個阿花，一雙腿又粗又黑不用說，那兩隻一年到頭都是穿著塑膠拖鞋的腳丫子老是髒兮兮的，趾甲縫藏滿了黑垢，腳後跟的皮膚都乾裂著，粗糙得像砂紙，可是她還要學摩登小姐在指甲上塗蔻丹，真是噁心！不是我吹牛，將來我絕對不要娶她做老婆。雖然我娶不到這樣漂亮的大學生，不過我也要挑一個比阿花好看，沒有那麼土氣的。

車子快到終點，女孩子始終還沒有下車。這位小姐不知道是住在哪裡的，我天天乘坐這路公共汽車回堂叔的家，為什麼從來沒有碰到過她呢？假使她是跟我同站下車的就好了，說不定我可以跟她同走一段路。

車上的乘客剩下沒幾個了，女孩子站起身來，臉上露出嫌惡的表情，遠遠地離開他坐到另一個位子上。

現在，他可以清楚看到她的正面，但是他更加不敢看，因為他看到了她嫌惡之色，他的自卑感更重，他不願意增加她的不快。

車子到終站了，她急急的下了車。他遠遠地跟在她後面，發現她竟是跟自己走同一的方向，而且走進同一條街道。他堂叔所住的那條街道很長，街尾那頭有很多新蓋的漂亮公寓，他猜想她一定是住在那些公寓裡。而他堂叔的家卻只是一間矮小的瓦房子，他到臺北來做工，寄居在堂叔那裡，一個月要給伙食費三百元，這樣一來，他辛辛苦苦工作得來的工資，就只剩下一點點了。而那個師傅對他又兇得要死，動不動就叱罵，他實在是寧願在家裡幫爸爸種田的，但是爸爸偏偏要他外出謀生。歹命郎嘛！有什麼辦法？

她走路的姿勢真好看。現在，他也看到她的小腿了，果然是白嫩纖細而修長。她穿的那條裙子也真短，只到大腿的一半。大概這就是報紙上所說的迷你裙吧！感謝發明這種裙子的人，要不然，我們男人怎麼有這好的眼福？

天色漸漸暗下來，她走得好快，還不時的回過頭來。她以為我是在盯梢嗎？不，小姐，你放心吧！我不會那樣做的。雖然堂叔的家早已過了，我之所以仍然跟著你，只不過想多看你美麗的背影幾眼，知道你住在什麼地方罷！放心，我不會冒犯你的。

是不是因為走得太快了，還是不小心絆到了什麼？忽地，他聽見了一聲嬌呼，同時看到她整個人跌倒在地上，所有的書也散落滿地，他連忙奔上前，沒有經過考慮，就彎下身去扶她起來。他怕這個美麗的瓷娃娃會碰壞了。

但是，他的手一碰到她，她就尖叫起來。「救命呀！救命！」

他被她的叫聲所驚嚇，木立在那裡，不知如何是好，傍晚的街道上本來靜謐無人，這時，卻不知道從什麼地方竄出來幾條大漢，不問情由，不由分說，就圍著他拳腳交加。

他昏倒在街道旁邊。

就在這條街道的另一頭，在那間矮小的瓦房中，他的堂嬸正咬著牙恨恨地在咒詛：「那個死小鬼不知道到哪裡野去了，到現在還不回來吃飯！害得我又要留菜。早曉得不讓他住進來。三百塊錢一個月，我還要虧本哩！每頓都吃三大碗。哼！」

洋夢

最近，她常常在夢中說英語，對象不是電視影集中的男主角，就是電影上的外國男明星。當然，她常常會用錯了字眼，搞錯了文法，或者想不出該用什麼字。但是，那些英俊高大的外國男人總是笑微微地對她說：「小姐，沒有關係，我明白你的意思。」於是，她就會感到無比的愉快，我已經能夠說流利的英語了，外國人都聽懂了我的話嘛！

可惜，那只是夢裡的遭遇；在現實生活中，她從來不曾接觸任何一個外國人。好可惜啊！她也常常在心裡怨嘆著。她想認識外國人，不為什麼，只為了想練習會話。自從她在半年前進入了那家尼爾遜英語補習班學習英語會話，而那個梳著大包頭的年輕老師又老是誇獎她發音最準確、進步最快速以後，她就時常有著懷才不遇和英雄無用武之地的感覺。

可不是？我對英文是有幾分天賦的呀！想當年，在唸高中的時候，每個學期英文還不都是拿九十分以上？本來嘛！她是一心一意唸外文系的；沒想到，時運不濟，一連考了兩年，大專聯考的金榜上都沒有她的芳名，一氣之下，索性不讀書，嫁人算了，女孩子遲早要嫁人的，當了學士，甚至碩士、博士又怎樣？雖然說文憑是可以當嫁妝的，不過，也不見得人人希罕那頂方帽子，女孩子嘛！青春和美貌才是最重要的財產，早一點結婚，還可以自己去挑別人；等到年齡老大，就只剩下別人挑自己的份兒了。

話可又要說回來，我是怎會挑到他的呢？這個四十幾歲，連ＡＢＣＤ都不認得的庸俗商人怎會變成我的丈夫的呢？錯是錯在她不該進入他工作的那家公司工作，而又做了他的下屬（同學們還都說這是緣份囉！）；更錯的是不該被他的外表所迷惑。一個四十多歲的男人，怎會長得又白又嫩，像個三十出頭的青年的？他講話又是那麼斯文，態度又是那麼溫柔；一個在徬徨中的少女，是很容易成為他的愛情俘虜的。

當然，說他是一個不好的丈夫，那是違心之論。他有錢，有社會地位；長相不錯；對妻子相當體貼。除了年紀大一點以外，應該是沒有什麼可以挑剔的。最遺憾的是，他不懂英文，而興趣又與她迥異。她喜歡看外國電影，喜歡跳舞，喜歡游泳、溜冰，而他卻喜歡看平劇、看國片（尤其是老牌明星主演的），和和氣氣的一對夫妻，往往為了選擇娛樂節目而嘔氣。後來，他索性對她說：「你喜歡看西片，喜歡時髦的玩意兒，你自己去玩吧！我年紀比你大許多，興趣可不能跟你一樣，你自己去玩，我不干涉你，總可以吧！」

她真的就天天去自己玩了，丈夫不限制她的家用，不過問她去哪裡，她高興去看電影就看電影，高興去跳舞就跳舞，自由得如同未婚的少女一樣；而她比未婚的少女還幸福，因為她有丈夫供給她花用。同學們都羨慕她嫁了個好丈夫，但是她並不滿足。她覺得：在玩的時候固然很開心；然而，一靜下來，馬上就感到空虛無比。她的生活就像一個鬆鬆垮垮的袋子，急需放進一些東西去充實。

她想再去工作，丈夫卻反對。他說：「家裡又不愁吃不愁穿的，你何必天天辛辛苦苦的去坐辦公廳？」

「人家在家裡無聊嘛！」她撒嬌地嘟起了小嘴。

「我不是說過隨便你去玩嗎？」

「我總不能一天玩到晚呀！何況，又沒有人陪我，我那些同學們都在家裡忙著帶孩子。」

「那麼，你也趕快生個小娃娃吧！到時就不會無聊了。」

「死鬼！我才不要！我看見小孩子就討厭！」她睜圓了那雙單眼皮的小眼，兩腮鼓起，丈夫立刻嚇得不敢作聲。

丈夫不贊成她找工作（其實她也不見得喜歡坐七八小時的冷板凳。何況，以她的學歷和能力，也未必很容易找得到）；她不願意在家裡帶孩子；玩又玩得厭了，做什麼好呢？這無法打發日子的年輕家庭主婦（她的丈夫也算幸運，她沒有學到賭博，也沒有交上男朋友）。

偶然，她的一個同學勸她去補習英文，她立刻毫不猶豫的就接受了。對！一個在高中時英文成績老是九十幾分的學生，既然考不取外文系；那麼，為什麼不走別的路子去進修英文呢？

我真笨！怎麼不會想到這樣做？早一點想到的話，也不至浪費了那麼多的光陰了。

她興致勃勃的重新又做學生，每天晚上，電視也不看了，抱著課本就「狗打貓兒擰」、「好肚油肚」、「狗打擺」、「好阿油」、「狗打奶蹄」、「奶絲肚米油」的唸唸有辭，有時還逼著丈夫跟她學。嚇得他趕緊鑽到被窩裡，用大被蒙著頭裝睡。於是，她就用一雙小拳頭狠狠的槌著棉被，大發嬌嗔：「死鬼！有人願意義務教你英文還不願意學！學會了，可以跟外國人講話，這對你做生意也有幫助嘛！」

「好太太，你就饒了我吧！四十多歲的人，舌頭都硬了，還學什麼英文？我連國語都說不好呀！」

「真沒出息！人家我們班上還有五十多歲的老學生哩！你少倚老賣老！」她恨恨地隔著棉被推了他一下，又自顧自「好肚油肚」、「奶絲肚米油」、「辣死狗」、「死等」的唸將起來。

等到她把半本初級英語會話都背得滾瓜爛熟以後，她又開始怨嘆自己英雄無用武之地。英語說得呱呱叫又有什麼用，一年三百六十五日她都沒有機會派上用場，最氣人的還是那個死鬼，當她嬌滴滴地衝著他甜甜蜜蜜的叫「達令」、「蜜糖」和「甜心」時，他居然睜著大大的牛眼問她無原無故的為什麼要「打鈴」，又為什麼「恨你」？

「真是的！嫁著這樣一個土包子男人，也算倒了一百八十輩子的楣！」她恨恨地這樣想。

為了想找機會接近外國人，閒著無事，她就到中山北路、天母和陽明山山仔后這些地方去逛。當然，美國新聞處，一些觀光飯店，一些專賣臺灣紀念品的商店，這些場合也都有著她的芳蹤。可恨的是，這裡的外國人彷彿都是中國通，竟然沒有一個人需要向「地主」求教。偶然，她也想跟碰見的金髮碧眼的小娃娃們搭訕一番；可是，他們全都有一個討厭的中國阿媽在旁邊寸步不離。她雖然穿著入時，而那些眼高於頂的洋奴，還是會用不屑的目光盯著她，似乎在說：「哼！你也配跟他們講話？」這使得她又不免會倒盡胃口。

她常常在幻想。最好是在比較偏僻的地區，她碰上了一家迷路的外國人，他們乾坐在汽車裡發急，言語不通、道路不熟。於是，她就挺身上前，用最標準的發音問：「美愛海兒補油？」驟然遇到一個會說英語的女士，這一家人當然喜不自勝。他們向她問路，她指點了他們，男主人也許會邀她上車，送她回家；女主人也許會請她到她家裡喝茶。就這樣，她跟這一家人就成了朋友。憑著這一家的關係，她從此進入臺北的外僑社交圈子裡，要是她表現良好的話，說不定，他們會介紹她進入洋機關工作；更說不定，她因此而有機會到外國去哩！

可惜的是，幻想終歸是幻想，自始至終，她都沒有機會跟外國人說過一句話，甚至連一聲「哈囉」都沒有。這使得她感到十足的洩氣。

有一天下午，天氣很冷，外面又下著雨，她沒有辦法到街上去逛，只好無聊地在家裡看電視，那天正好播映一部有關家庭生活的影集，對白多數是一些日常會話，比較好懂，她一面看，一面跟著唸，不覺津津有味。

就在這個時候，門鈴響了，她嘴裡一面罵：「討厭！這種天氣會有誰來嘛？不遲不早，偏偏在這個時候來打擾。」一面走出去開門。

門一打開，她的眼睛就亮了，外面站著兩個身高都在六呎以上的外國青年，一個戴著眼鏡、斯斯文文的；一個雖然留著絡腮的鬍子，面孔卻像個小孩，從他們那身不怎麼考究的服裝以及年齡來看，很顯然地是兩個外國留華學生。他們來找我幹嘛？是英文老師介紹來的？還是找錯了門？無論如何，這都是我跟外國人說英語的大好機會呀！

她堆滿了一臉笑容，清清喉嚨，自以為很流利的就開了口：「狗打阿芙吐儂！美愛海兒補油？」

「啊！太太，我們可以進來跟你談幾分鐘嗎？」出乎她意料的，那個戴眼鏡的外國青年竟用相當標準的國語回答她。

「是的，我們只要五分鐘就夠了。」那個留著鬍子也像說相聲似地用國語附和著。

她有點不高興，怎麼搞的？難道我的英語說得不夠好？你們老是要賣弄自己的中國語幹嘛？不過，看在是外國人的面上，她還是讓他們進去，她要知道他們是來做什麼的。

「趕麵，皮裡撕。」她還是用英語說。

「謝謝你，太太！」兩個人同聲的說。

討厭！為什麼老叫我「太太」？人都還以為我是「小姐」哩！

那個好看的影集已經播完了，螢光幕上正播放著怪聲怪調的廣告，她走過去悻悻地把電視機卡嗒一聲關了起來。

「死等，皮裡撕。」她指了指沙發。

兩個人又是齊聲的說了聲「謝謝」，然後並排坐下。

她不好意思再說「美愛海兒補油」，也不大甘心用國語問他們到底有什麼貴幹，就坐在他們對面，用疑惑的眼光望著他們。

還是戴眼鏡的青年先開場白：「太太，我們是××教會派來的。」

「嗯！我們希望跟太太交個朋友。」留著鬍子的又像說相聲似的接了腔。

還輪不到她開口，戴眼鏡的又說了：「太太，你平常在禮拜日都做的什麼事呢？」

「我在禮拜日做什麼事，跟你有什麼相干？」不知道是因為生起氣來使她忘記了說英語，還是她不懂得這兩句話該怎麼說。現在，她用道道地地的國語來跟那兩個外國人講話了，不過，態度不怎麼客氣。

「太太，我們希望你有空到我們的禮拜堂來。」留鬍子的說。

「你到我們的禮拜堂來聽道，你的靈魂就可以得救。最好，你還帶你的先生和孩子一同來，在主的面前，你們一家都可以找到快樂和真理的。」戴眼鏡的唸唸有辭的說著，一絲口沫，竟然隔著茶几噴到她的臉上。

她厭惡地用手帕拭著臉。

「太太，這本書是送給你的，有空的時候，請你——」留鬍子的從一個黑色皮包中拿出一本小冊子放在茶几上。但是，他的話還沒有說完，就被打岔了。

「請你們把書帶走，我沒有空看，也沒有空上禮拜堂。現在，請你們走吧！」被這兩個傳教士蓋了半天，她已經忍無可忍，顧不得禮貌，她模仿電影中的鏡頭，走到大門邊，把門打開，自己站在一旁，衝著他們，用相當大的聲音說。

那兩個傳教士，被她突如其來的舉動嚇了一跳。他們彼此對望了一下，無可奈何地聳聳肩，收拾好帶來的東西，站起來，走出了大門。

「太太，對不起！打擾你了。」臨走的時候，兩個人還向她微微一鞠躬。

她白了他們一眼，很想向他們大吼一聲：「去你的！活見鬼！」但是，他們既不以她的逐客令為忤，她也就樂得先小人後君子的奉送一句：「狗打擺！」她想：假使他們回心轉意的肯跟她用英語交談，說不定她就會信了他們的教的。

誰曉得那兩個像伙就是那樣的冥頑不靈、擇善固執，他們的臨別贈言，依然是：「再見」兩個中國字。

妒夫

「你混蛋！你不是人！我真後悔嫁給你！」
「現在後悔也不遲呀！你這麼年輕！這麼漂亮！為什麼不去再找一個？」
「你以為我不敢？」
「你當然敢！你以為我不知道，你已開始討厭我了！」
「對！我討厭你！討厭你又怎麼樣？」
「那就請便吧！這裡沒有人留你！」
「姓王的，你欺人太甚了！我這就走，你可不要後悔啊！」
「後悔的才不是人！你去死我也管不著！」
「……」
「碎！砰！砰！」
「開門呀！王先生！」

「王先生，不好了，你太太跳水自殺了！」

「王先生……」

「……」

「我這就走，你可不要後悔啊！」

「走就走，誰希罕你？你去死我也管不著！」

「……」

很多很多聲音在他的耳邊響著，響著。一張美麗的、帶著淚痕的小臉在他眼前擴大又擴大。他伸手去摸那張臉。「小迪，給我親親，給我親親嘛！」哐啷的一聲，他面前的酒瓶子從桌上滾到地上，跌得粉碎。剩下的小半杯清酒也倒翻了，那一小灘酒從桌面流到地面上，一屋子都是酒臭。

「王先生，醒醒！你太太跳水自殺了，你快點跟我去！」

有人在推他的肩膀。他慢慢睜開眼。有幾個人圍著他站著。最前面的是一個警員，這立刻使得他的酒意清醒了大半。後面，是他的鄰居老陳、小李、趙大媽、大毛和小毛。這到底是怎麼一回事？我沒有犯法呀！警察幹嘛來捉我？

「好了，好了，他醒過來了。」有人這樣喊。

他糊里糊塗地被那個警員扶出屋外，糊里糊塗地上了一部吉普車。他很想質問他到底為什麼要抓他；但是，車子一開動以後，他卻又昏昏沉沉地睡著。

他一直昏沉沉地睡著，他夢到他和他的小迪在河邊散步，忽然下起大雨。他們沒有帶雨具，只好在雨裡狂奔，一不小心，小迪竟不幸地跌到河裡。他本來不會游泳的，此刻，不知哪裡來的勇氣，居然奮勇的跳下去，想拯救妻子。河水的冰冷使他突然的清醒過來，原來，那個警員正拿著一盆冷水，向他兜頭兜腦的潑下來。

「這個混帳小子，他太太跑到這裡投水，他卻一個人在家裡喝酒哩！」他清楚地聽見那警員這樣說。

「什麼？你說什麼？我太太投水了？」他霍地跳了起來，兩手握住了警員的肩膀。

警員用力把他的雙手捽開，冷冷地說：「這句話我起碼對你說了七八遍了，你現在終於聽到了吧？」

「現在我太太在哪裡？她有沒有——」他急急地問。又不敢把「死」字說出來。啊！她不能死！她不能死！該死的是我啊！

「你自己去看吧！」警員用手指著裡面的一個小房間，不屑地說。

他衝進那扇打開的門。一眼就看見他的小迪正躺在一張長沙發上，旁邊還坐著一個陌生的年輕人。兩個人都是濕漉漉的？但是，小迪的身上卻蓋著一件乾的夾克。

「小迪！小迪！」他撲過去，抱住了妻子。

小迪睜開了眼睛，起先是冷漠的看了他一眼。接著，就伸出雙臂摟抱著他，哇的一聲哭了起來。

也顧不了坐在旁邊的那個青年，連連吻著妻子的臉，一面不斷地問：「你沒有事吧？小迪。你沒有事吧！」

哭夠了，小迪推開了他。「你還不趕快謝謝我的救命恩人，張先生，這就是我的丈夫王以仁。」

「以仁，假如不是張先生見義勇為的把我從碧潭裡救起來，我們早已不能再相見！」小迪嗚咽著說。

姓張的年輕人很有禮貌地站了起來。「王先生，救人於溺是每一個懂得游泳的人應有的義務，這算不了什麼。」

王以仁用狐疑的眼光望著青年。他還年輕得很，大概不會超過二十二歲。他的皮膚細嫩，舉止斯文，像是個學生的樣子。一個學生，在這個時候跑到碧潭來幹嘛？還有，原來這裡是碧潭，那麼，小迪是沒有回娘家的了。她跟他是本來認識的嗎？她一直就嫌我書唸得太少，難道……

「喂！你是幹什麼的？碧潭有那麼多的船戶，警察局也有救人員，怎會就輪到你來救我的太太呢？」王以仁的態度極不客氣。

青年人的臉色一變，不過，他還是忍耐著。「我是一個大學生，今天上午沒有上課，想到碧潭走走。想不到，剛剛走上吊橋，遠遠就看到有人從橋的中間跳了下去。當時，附近並沒有別的人，我沒有經過考慮，脫下身上的夾克，就跟著跳下去了。」

「小迪，你既然沒有事，為什麼不回家去，還要我多跑一趟？」王以仁沒有理會那個青年，他把砲口又轉向妻子。

小迪用哀怨的眼睛望著他，咬著自己因為受了涼而變得顏色有點發青的嘴唇，沒有答腔。

「說話呀！你！」王以仁用雙手握著妻子的肩膀，暴躁地吼叫了起來。

「我……我……誰叫你……」小迪說著，立刻就哇的一聲哭了起來。

「王先生，請你不要怪你的太太。剛才她告訴我，你們早上吵架，是你把她趕出來的，所以她不想回去。」青年以為王以仁要打太太，就趕緊站起來，想把他勸開。

「好呀你這個小子，居然想干涉起我的家事來了。我怪我太太又怎麼樣？關你個屁事！你是不是看她長得漂亮，就想打她主意了？」王以仁放開了妻子，轉身揪住了青年，氣勢洶洶的。

「先生，我怎麼會嘛？我還是個學生。請你放了我吧！我渾身濕透了，怪難受的，我要回家去了。」青年嚇得叫了起來。他的兩排牙齒因為發抖而上下相撞著，也不知道是因為害怕還是寒冷。

「你們在吵什麼啦？」剛才那個警員走了進來。

王以仁緩緩的放開了那個大學生。

「警員先生，我可以回去了吧？」青年像遇到了救星似的。

「你到外面看看你的口供筆錄吧！假使你認為那筆錄沒有問題，簽過字就可以走了。你見義勇為的救人精神，我們局長很讚賞哩！」警員點點頭說。「啊！還有一件事。由於你救回一條寶貴的生命，你還可以得到扶輪社發給的五百塊錢獎金哩！」

「救人是應該的，我並不想要那筆獎金。只是，我做夢也想不到，它會給我帶來這麼多的麻煩。」青年喃喃地說著，就往外走。

「張先生，張先生，你的夾克！」小迪在沙發上叫著。

「我拿給他吧！」警員接過夾克，交給青年。

「張先生，謝謝你啊！」小迪又叫著，一面坐了起來。這是她第十次向他說「謝謝」了。

「王太太，不用謝了，你也趕快回家去休息吧！」青年大踏步的走出去，頭也沒有回。

「我們可以回去了嗎？警員先生。」小迪怯怯地問。「我冷得很哩！」

「當然，你們也可以回去了。」警員說。「等一等，我替你找一件衣服，你這樣回去會得肺炎的。」

警員走了出去。一會兒，就拿了一件男人的毛線衣進來。「王太太，這件毛衣你先穿上，回家以後你再寄回來給我就行。」

小迪把那件寬大的毛衣穿上，一股暖流馬上通過她的身體。「警員先生，你太好了。謝謝你！謝謝你！」她感激地說。

「沒什麼，這是我們的本份。」警員遞給她一張紙。「王太太，請你也在口供筆錄上簽個字吧！這是例行公事。」

「先讓我看看，你們在胡說八道些什麼？」王以仁在旁邊一把搶了過來。他看見筆錄上只簡單的寫著什麼「與夫因細故口角，一時想不開，就跑到碧潭來投水……」，就悻悻，丟還給小迪。

「王先生，不是我多管閒事。以後，你不但對太太的態度應該溫柔些，就是在外面待人接物也應該客氣一點。像你這樣一味的只顧使性子，將來是會吃虧的。」警員在一邊瞅著他，冷冷地說。

「你當你的警察好了，我的態度誰也管不著。小迪，我們快點回去！」王以仁回敬了一句，扶起他那渾身還在滴水的妻子，就往外走。

「真沒看見過這樣蠻不講理的人！」警員望著他們的背影，搖了搖頭。

走出警局的大門，王以仁就大踏步往前走。小迪穿著警員借給她的大毛衣，兩臂緊緊的互相抱著，被風一吹，還覺得發冷；而身上那件洋裝，也還在滴水。

「以仁，以仁，你要到哪裡去？」她踉踉蹌蹌地追上她的丈夫。

「回家去嘛！怎麼，你還捨不得回去？」王以仁停了下來，臉色鐵青的。

「回家怎麼往那邊走的？」小迪低著頭，怯怯地問。

「不往那邊往哪裡走？除了搭公路車，難道走回去不成？」

「我這個樣子怎能坐公路車？我們叫計程車好不好？」小迪仍然低著頭，聲音小得像是在對自己說話。

「計程車？好呀，可是我沒有錢，你呢？」他的聲音卻很大。

「我沒有帶錢出來。不過，家裡還有一點。」

「TAXI!」他沒有答腔。剛好一部計程車駛過，他就豪氣干雲，不可一世地大聲叫了起來。

計程車司機望了小迪一眼，並沒有露出太大的驚訝。在碧潭，這種事情簡直見得太多了，沒有什麼值得大驚小怪的。

回到家裡，小迪立刻洗了一個熱水澡，換過一身乾淨的衣服，整個人便覺得舒服得多。她感到肚子有點餓，想去燒飯，可是，剛才進門時看見客廳裡滿地玻璃碎屑，又想先收拾收拾。

王以仁坐在一張椅子上，用一張報紙遮著臉。

「以仁，你剛才又喝酒了！」小迪蹲在地上，小心地撿起那些比較大的碎玻璃，丟進畚箕裡。

報紙後面那張臉沒有開口。

「以仁，我餓了，你先去洗米好不好？」小迪抬起頭望著那張豎立著的報紙。

依然沒有人答腔。

她火了，跳起身來，一把就把報紙搶過來，狠狠的丟在地上。「你到底犯了什麼毛病？在計程車上就沒有開過一次口，現在，跟你說話也不理。你到底在鬧什麼情緒？你到底說不說話？想逼瘋我？還是想我再去跳一次水？」她不再是一隻柔順的小鴿子了，此刻，變成了一隻狂怒的母老虎。

「當然，你還想去跳一次水。那樣就可以給別的男人抱上來，他就可以利用做人工呼吸的機會親你的嘴，隨便的摸你。又有人體貼你，借你衣服穿。當然，你還想去跳一次啦！」他冷冷地望著她，一個字一個字的慢慢地說著。滿臉帶著嘲弄的神色。

小迪用盡全身的氣力，伸手朝丈夫的臉頰啪的摑了一個巴掌。「你怎會說出這種話來的？我真想不到，你居然滿腦子都是這種齷齪的想法。你侮辱了別人，也侮辱了自己啊！」她嘶叫著，然後，倒在一張椅子上，掩面痛哭起來。

意外地被妻子摑了一巴掌，王以仁愣住了。錯愕代替了惱火，他一手撫摩著被打的地方，一面喃喃說著：「小迪，你打我？你打我？」

「啊！以仁，對不起！我不是故意的。」小迪從椅子上跳起來，衝到丈夫面前，衝進他的懷裡，坐在他的大腿上，雙手捧起他的臉龐，不斷地吻著她打出來的幾道紅色的指痕，哭著說：「太對不起你，你打我吧！你打我吧！」

年輕的丈夫緊緊地抱著妻子，用力吻著她那還沒有恢復紅潤的嘴唇，繼續喃喃地說：「小迪，你不知道我多愛你！我就是不能忍受別的男人親近你，對你好。答應我，以後不要再跟我吵，好不好？我的脾氣太壞，很不容易控制。」

「誰想跟你吵嘛？不過，你實在太蠻不講理了。好像早上，你站在窗口就要親我，我怕被鄰居看到不好意思，不答應你，你就發那麼大的脾氣，叫人怎麼受得了嘛？」

「以後假如我再發脾氣，你就打我好了。」他捉起她的小手，又要向自己的臉上摑。

「死鬼！」她嬌笑著，用力想把自己的手抽出來，結果卻被他捉著送到嘴邊，輕輕的咬了一下。

他抱著她，吻著，親著。小太妻倆享受著說不出的甜蜜與溫柔。

突然間，他推開了她。本來一張因為情慾而脹紅的臉變得發青，一雙眼睛也燃燒著怒火。

「不行，小迪，」他厲聲地問。「你還沒有告訴我，那個小伙子有沒有乘機揩你的油？親你的嘴，摸你的身體沒有？」

「王以仁，我說過你不是人就不是人，這還算是人話嗎？人家張先生是個大學生，也還是個小孩，怎會做出那種下流事？再說，假使人人都有你這種齷齪的想法，還有誰敢去救起溺水的女人呢？你——你——」小迪氣得渾身發抖，說到最後，已是上氣不接下氣。也許是由於在水中受了寒；也許是一個上午不斷的受到刺激；也許因為肚子太餓而虛脫。本來站著的她，就這樣咚的一聲倒在地板上。

「小迪！小迪！你怎麼啦？」王以仁撲倒在妻子的身旁，抱著她，發狂似地搖撼著她的身體，就像剛才在新店派出所第一眼見到小迪時那樣。

凝香，這可愛的女孩

她從位子上站起來的時候，我承認，我的確吃了一驚。沒想到她是那麼矮，矮得伸手夠不著車上吊圈。更想不到的是，她竟是個跟駝子差不多的畸形人。幾乎是沒有脖子，她的頭就長在高聳的肩膀上。她的上身也是方形的，沒有腰。雖然穿著一件寬鬆的毛衣，仍然可以隱約看得到她的前胸和後背部有著隆起的畸形骨骼。看著她略略有點困難地扶著椅背的把手從人叢中擠出去時，我不禁悲憤地在內心吶喊了起來；上天啊！你為甚麼要這樣殘忍？把一個秀麗的頭顱安裝在這樣的軀體上？

固然，她的臉也還算不上是張美人的面孔；不過，我卻是被她的側影吸引上的。剛才，我一上車就注意到坐在前面對過隔兩個位子靠走道的那個女孩子。也許是由於她那梳理得非常好看，不長不短，髮梢微微有點捲曲，光滑烏黑的秀髮；也是由於她特別細白的皮膚；也許是由於她挺直的鼻樑和薄薄的嘴唇：也許是由於她與眾不同的文雅的氣質。總之，我一看到她的側臉，就覺得她正是合乎我理想的女孩子。於是，我繼續打量下去。她的個子很小巧，坐在那裡，幾乎被椅背遮沒了整個人。上身穿著一件黑色的套頭毛衣。下面穿著一條淺灰色的薄呢長褲，褲腳下面露出一雙式樣很大方的黑皮鞋。

憑她這身素雅的打扮，我就不禁喝采。在這個花花綠綠的浮華世界裡，那裡還有年輕少女肯這樣「苛待」自己的？而她，看來只不過廿三四歲而已。於是，我又繼續猜測她的身分。以她的年紀，應該是大學已經畢業了，手上沒有拿書，只有一個皮包掛在肩上，大概是個辦公廳的女職員吧？

我職業上好奇的天性加上我對她的好感，使我繼續對她的身分猜測下去。她是幹哪一行的？教員？打字員？女秘書？公務員？大概不會超出這些範圍了。我閱世已深，閱人已多，多多少少已懂得一些相人之術。

我是一個正常的男人，我之所以年逾不惑依然獨身，完全是由於我的過於挑剔，以至高不成低不就。我有一個很古怪也很討厭的脾氣，就是過於自鳴清高，對一般庸俗脂粉不屑一顧，而偶然給我看得上眼的絕色美人，又瞧不起我這個年華老大的窮文人。就這樣，我蹉跎到今日，還是一個衣破無人補的王老五。

我曾經暗暗為自己訂下一些理想對象的條件。譬如：氣質要高雅（這是首要的）；面貌要清秀（我自己雖然不是美男子，也不是醜八怪）；性格要溫柔；態度要大方；要有大專程度的學識；要懂得理家等等；還有一點，絕對不能打扮得妖裡妖氣的，最好是完全不要化妝，也不要穿那些離奇古怪的時裝。我自覺這些條件並不苛刻。可是，多年來就不曾碰到過我理想中的人物。其間，我也曾交過一兩個女朋友，在剛剛認識她們的時候，似乎與我的條件距離不遠；然而，幾經交往，就都露出了原形。我只要一發覺她們有一般女孩子的通病：碎嘴、愛慕虛榮、不愛讀書、興趣低級等，立刻就毫不容情的中斷了我們之間的友誼。因此，在背後我不知挨了女孩子多少咒罵，也漸漸贏得了「怪人」的美名。這幾年，年紀大了，知道了愛情與姻緣都不可以強求，對自己的終身大事也就更加淡然處之。儘管自己在女孩子眼中的條件一年比一年低落；但是我仍然不願降格以求我認為與其娶了一個庸俗得令人生厭的老姿，倒不如獨身終老來得自由自在。

剛才，這個在車上邂逅的少女令我眼前一亮。我雖然還不知道她的內在如何；然而，以她那股清新的氣質和樸素大方的打扮，似已完全符合了我的理想。固然，我不是登徒子，不會見色便追；但是，天啊！為甚麼她卻是一個畸形的人呢？

看著她困難地下了車，我心頭的一片陰影，久久不能抹去。我覺得造化弄人未免過甚。像她這種身軀畸形的少女，假使面貌長得醜陋一點，也好叫她死心塌地不去做愛情的美夢。然而，她卻是出落得如此美麗動人，我不難想像出她在花晨月夕會怎樣的自怨自艾？

作為一個善於幻想的文人，不禁又暗暗開始忖度這位不幸少女的內心感受。她一定會怨恨上蒼不仁，也埋怨雙親把她生成這個樣子。她的性情一定會因為自卑而變成自傲，脾氣古怪，不得人緣。她一定討厭所有的男人，甚至對漂亮的女人也討厭……

我的思潮隨著車子的到站而平息。腦海中那個不幸少女的影子也隨即被別的事情所佔據，不久之後，我就把她忘得一乾二淨。

可是，第二天我去上班的時候又碰到了她。以前為甚麼從來沒碰到過呢？我猜她必是最近才搬到這個地區的。果然，以後我幾乎天天在上班的時候在車上碰到她。她每天都打扮得很整潔，顯示出她是個教養良好的女孩。她的臉上經常帶著安詳而愉悅的表情，有座位的時候固然如此，沒有座位，吃力地攀著車上的吊圈時也是如此。每當看到她那副無視於自己本身痛苦的表情，我既替她感到難過，也對她起了崇敬之心。多少人在福中不知福，迄自一天到晚怨天尤人；而這個不幸（她真的不幸嗎？）的女孩卻能夠這樣達觀，這樣瀟脫，豈不叫那些經常皺著眉頭的健康人愧煞？

由於我的這種想法，我對這個陌生的少女竟在無形中萌生了好感。在車上我往往不自禁地注視著她那張姣好的臉，渴望能夠跟她認識。但，光是靠著同車的關係，我知道這是不可能的。天天同車的人多的是，我跟他們連招呼都沒有打過，又有甚麼憑藉去跟一位年輕女性打交道呢？然而，我也說不出是甚麼理由，我對她的思念之情，竟是與時俱增。說這是偷戀嗎？我要否認。以我的年齡，以我的人生經驗，我會傻得去愛上一個陌生的畸形女子？不，這是不可能的。不如說我是被她清新的氣質所吸引吧？如今，在滔滔濁世中，像她這樣樸素的少女，已不多見了呀！

我日夜思量，要想出一個非常妥善而不露痕跡的方法去跟她認識。作為一個小說作著，我想出的「花招」不少，可是又被我一一推翻。我是一個小有名氣的中年人，採取的方式不能像一般毛頭小子那樣羅曼蒂克；更不能像那些色狼那樣急進。我必須做得十分自然，在不知不覺中，去獲得她的友情（你這個卑鄙的傢伙，你想在現實生活中編寫一篇傳奇小說嗎？我這樣暗暗的罵自己）。

於是，就在一天的早上，我拿了兩本自己的小說，照常去搭車。很幸運地，那天她也恰巧跟我同車。等到她下車時，我跟了下去，當她跨上行人道時，我故意裝成走得很匆忙的從她身邊擦過，讓手中的兩本書掉在她面前的地面上。在我的構想中，即使她不替我撿起來，也會跟我講一聲「你的書掉了」，這樣，我便可以乘機跟她搭訕起來。假使，她看到了那兩本書的書名，湊巧她又是我的讀者的話；那麼，一個極為羅曼蒂克的故事，便可以發展下去。

不幸，事實上，我的幻想完全落了空。當我的書掉下去時，她只是冷漠地瞥了它們一眼，並且略略讓開一點，好讓我來撿拾，然後就昂著頭繼續往前走。她那種冷漠而傲慢的態度，跟平日經常掛在臉上安詳愉悅的表情是如此的懸殊，使我出乎意料，也感到大惑不解。我默默地撿起兩本書，望著她疾步離去的矮小而沒有脖子的背影，彷彿挨了一記耳光似的，又羞慚又憤怒，有著說不出的難堪的滋味。

死了這條心吧！我告訴我自己，別自作多情啦！殘廢的人或者畸形的人在心理上多少都有點不正常，你想去追求這樣的一個女人，豈不是自討苦吃？再說，我只是被她清新的氣質所迷惑，根本不了解她的內心，又何必去冒險？罷！罷！且莫自尋煩惱。

但是，感情是一種很奇妙的東西，我雖然作了這個決定，卻還是不能死心。尤其是我和她幾乎天天見，每當看到她那張姣好的臉龐和她那令人憐憫的身影（現在，在我的眼中，她的畸形也不難看了），決心又動搖起來，我計劃採取另外一種方式去認識她。我考慮到寫信（假使我跟蹤她到她的辦公地點，就不難調查出她的芳名），我原來就有一枝生花妙筆，應該是可以用來打動一個女孩子的心的。

我發覺，自己近來變得有點喜怒無常，夜裡失眠，吃東西沒有胃口，對甚麼事都提不起興趣。每天，我眼巴巴等候上車這一段時刻。假使湊巧跟她同車，那一整天我便會感到很充實。要是碰不到她，一整天忽忽如有所失。天啊！難道我是在戀愛了？一個飽經世故，四十出頭的男人怎會有著這種中學生般的感情的？

我必須寫信，我必須寫信。但是，該怎樣著手呢？那會不會太冒昧？我晝夜苦思，開始被愛情（假使這也可以說是愛情的話）所折磨。

然而，有一天，發生了一件不大不小的事，竟解決了我的難題。

那天，大雨滂沱，我出門晚了一點，那班車空空的，平日常常碰到的熱面孔都沒有看到。我心裡很懊喪，知道一定不會遇到她。然而，出乎意料地，車子到了她那一站，她居然出現了。

也許就由於搭客少的關係，車子開得極快。她上得車來，因為人生得矮小，一時抓不到吊圈；當她正向車子裡面移動時，車子猛然的往前衝，她一時失去平衡，就仆倒在過道上。

這件意外的發生，只是一瞬間的事，根本沒有辦法預防。她跌倒以後，當一車乘客紛紛在指摘司機開快車時，我本能地從位子上彈起來，俯下身去扶起她，只見她滿身泥濘，一副眼鏡飛落在地上，手中的一個皮包和雨傘也沾滿了泥漿。

我扶她坐在座位上，心疼地問：「小姐，沒有受傷吧？」

她低頭注視著自己的一身污泥，臉上氣得一陣紅一陣白，但是卻沒有發作。她一面用手指輕撥開臉上的亂髮，一面問：「我的眼鏡呢？」

我把她的眼鏡檢起來，一看，已經破碎了。「小姐，眼鏡摔破了。」我說。

「糟糕！怎麼辦呢？還有這一身髒？」她喃喃自語。雖然處在這種困窘的情形下，態度還是十分安詳。

「小姐，我送你回家吧！」我說。我這樣說是很自然的，絕無乘人之危的意思。

她用一雙一般近視眼患者慣有的朦朧的眼光望著我，帶著迷惑的表情問：「你是誰？」

「我只是一個經常和你同車的人。但是我相信我有這個道義。」我說。

車外的雨似乎更大。她皺著眉沉思了一會兒，抬頭問我：「這樣豈不是妨礙了你這位先生的上班時間？」

「那倒沒有關係，我們的上班時間是很自由的。」作為一個私人機構的專員，我的確是太空閒太自由了。有時，我真是寧願忙一點。我之所以天天準時上班，也無非是要使自己顯得忙一點而已。

「那麼，我們就在下一站下車吧！」她略為有點靦覥的說。

下車的時候，我想用手扶著她的臂膀，她把我摔掉了。一下了車，她就用相當敏捷的步伐衝進行人道，使得我連打傘為她遮雨的機會都沒有。

兩個人在路旁站定時，我說：「我現在叫車好嗎？」

「先生我沒有受傷，倒是用不著送我回去。我只希望你替我打個電話去請假，因為我沒有了眼鏡，就連撥號碼也沒有辦法。」

這是一件很好的差事。雖然她不讓我送她回家，起碼，我也可以知道她的姓名和服務的機構呀！

「小姐，那麼請教你尊姓大名，還有，你服務的機關是哪裡？」我緊緊的抓住這個機會。

「請你撥七七〇一〇六就行。」她的一張臉繃得緊緊地一點表情也沒有。

我心裡有點不痛快；但是，想到助人為快樂之本，而她的處境實在堪憐，也就把內心那份微妙的感情收斂起來，默默地給她掛通了電話。對方鈴響，我便識趣地把話筒交給她。她說了聲「謝謝」，接過話筒，說：「請叫張敏敏聽電話。」一會兒，我聽見她說：「敏敏呀！是我。倒霉死了，我剛才在車上摔了一跤，滿身都是泥，眼鏡也打破了，沒辦法上班，你替我請一天假吧！我沒有關係，休息一天夠了。謝謝你。」

真會保密，連名字也不讓我知道。不過，小姐，我記得你的電話號碼，也知道你的好朋友的姓名。

放下電話，她的表情溫和了一點，仰著頭，用因為沒有眼鏡而顯得有些迷濛的眼睛望著我說：「先生，謝謝你了。你現在趕快去上班吧！耽擱了你的時間，真不好意思。」

「我先替你叫車吧！你真的不需要人陪嗎？還有，你沒有眼鏡怎麼辦？」我的話很誠懇。這時，我是真正設身處地的為她著想。

「我沒有事，眼鏡我會去再配一副的。」她說著，剛好一部空的計程車駛過，她向它招了招手，同時急急的向我說聲「再見」，就鑽進車裡。

大雨依舊滂沱，我呆立路旁，坐著那部橘紅色的小小計程車載著我日夜思念的人兒（啊！她竟是個畸形的少女），衝進雨中，駕向市區（她一定是先去配眼鏡），車輪過去，激起陣陣的水花。然後，駛離我的視線。這一切來得太突然，太不真實，假使不是涼涼的雨絲飄濕了我的臉頰，我真懷疑那是一場夢。

無論那是夢是真，畢竟，我又回到現實中。我希望第二天我和她再在車上遇到時，她會跟我打招呼；然而，她上車看到我時，卻是視而不見，像是不認識一樣。她戴了一副新的褐框眼鏡，更顯得斯文秀氣。是不是因為她昨天沒戴眼鏡看不清我的臉孔？我要不要自動先向她開口？這也是禮貌呀！

因為她正好坐在我的斜面，而我們之間又沒有站著擋住視線的人，於是，我就鼓勇的開了口：「小姐，早！你昨天沒有摔壞吧？」

我說話的時候是衝她微笑著的，而她的兩旁也沒有其他的年輕女性。但是，她聽到了我這句話的反應先是微露慍色然後顯出愕然的樣子，還向兩旁張望了一下，表示她並不認識我。有兩三個搭客用好奇的目光打量我，這時，我雖然不至惱羞成怒；但是，再有涵養的人，恐怕也無法泰然自若吧？我的臉上一陣熱潮，漲紅到耳根。為了解除自己的窘態，只好喃喃自語：「對不起！我認錯人了！」算是向她道歉，也算是向旁邊的人解釋。

在以後的一段車程上，她彷彿沒事人似地，臉上仍然掛著那副安詳的表情，而且連眼角都沒瞥我一下。我想：好傢伙！想不到你這樣厲害，竟然用這種手段來拒絕一個陌生男子給予你的善意的關懷，簡直是殺人不見血嘛！我居然把你想像得那麼高超，那麼神聖，算是我瞎了眼啦！在她下車以前，我就暗暗立誓以後不再理會她，不想她，就當作從來不曾見過她一樣。

可是，我能嗎？第二天，當我和她又在車上遇見，而她竟然投給我一下頗為友善的目光時，我不禁又怦然心動。不過我再也不敢造次了。別看她外表那麼溫柔纖弱，可是不好惹的哩！然而，我已無法自拔了，像春蠶作繭般，我讓一縷情絲，把自己牢牢綑住。

我還記得她的電話號碼，想給她打一個電話，又怕她會啪地一聲把電話掛斷，自取其辱。我想了又想，終於想出了這個辦法。

我打電話去找她的同事張敏敏。我說：「張小姐，我是金臺車行的計程車司機。兩天以前，我載一位小姐去一家眼鏡公司，她遺留了一個大信封在車上，信封上有張小姐的名字，也有電話號碼，但是沒有地址，張小姐是不是那天坐計程車丟了東西呢？」

「沒有呀！」電話那頭沉吟了一會兒。「喂！你還記得那位小姐的樣子嗎？」

「記得。那位小姐個子很小，有點駝背。最大的特徵是全身都沾滿泥漿，好像剛剛跌倒的樣子。」

「對了，那一定是我的同事路凝香，她在下大雨那天跌倒過。你等一等，我問問她有沒有掉了東西？」

「小姐，不用問了。你告訴我你們的地址，我馬上給路小姐送來。」

「我們這裡是大中企業公司，在××路一段十八號。司機先生，謝謝你啊！」

「哪裡的話，這是我們份內的事嘛！」我把電話掛斷，暗笑不已，頗為自己出色的表演天才感到得意。

我把她的公司地址小心地記下來。「大中」兩字不知道寫得對不對，不過沒有關係，地址對就一定寄得到。路凝香，這個名字美極了。到底是「路」還是「陸」呢？「凝香」兩個字是絕對錯不了的，「凝」沒有其他同音的字，只要是「凝」，那麼下面「香」字是不會有疑問的啦！

窮一夜的功夫，我寫了一封洋洋數千言，文情並茂的信。我首先介紹了自己，其次表示對她的傾慕，最後還說明我就是那個想跟她說話而遭她白眼的人。我說：我除了想跟她做個朋友之外，別無他意。

信寄出之後，我竟像小孩子做了錯事似的，失去了面對她的勇氣。一連幾天，我都故意遲一些去搭車，以避免碰到她。

可是，沒有屬於她的任何音訊。而我又不敢再跟她見面。天啊！這是何等的刑罰！假使要折磨一個男人，那麼，叫他單戀上一個女孩子，那就夠他受的。

我覺得好像生病了，懨懨地，茶飯不思，夜不成眠，人也漸漸消瘦起來。不，這比生病還要難過。生了病還有藥物可以治療，而這種刻骨的單思卻是要靠心藥醫的！唉！多可笑！一個年逾不惑的男人，竟然鬧起少年人的情緒。

朋友們都看出我變了。他們看見我頭髮蓬鬆、滿臉鬍子，還有眼中紅絲密佈的憔悴相，有人以為我是寫作過勤，熬夜太多所致；有人認為這是老光棍自暴自棄的現象之一。只有少數兩三個知己朋友約略猜出了一點點端倪，不過我還是守口如瓶，我不願意把自己這份神聖的感情在第三者口中流傳著。

在煎熬中，我很自然而然地把自己的痛苦靠著筆墨宣洩出來。我把自己的遭遇寫了一篇十分有感情的短篇小說。由於情節是真實的，而我的這份感情又如此熱熾；所以，在文字上自然凝結成顆顆晶瑩的珠子。一萬兩千字的短篇。我熬了一個晚上就完成。這是我生平最高的速度，也是我自認為生平相當得意的作品。小說完成了，題目叫甚麼好呢？「悲戀」？「公車緣」？「沒有結果的戀情」？不，不，這些題目太俗了，俗得簡直像是那些低級的「言情小說」。不如，不如，就用「無題」兩個字。李商隱那些〈無題〉詩是何等的纏綿悱惻！而那些用「無題」兩字做標題的現代畫不是也抽象得莫測高深嗎？

想不到，〈無題〉刊出以後竟引起了很多讀者的反應，報館一口氣轉來了二、三十封讀者的來信。這些信，每一封都充滿了溢美之辭與及同情的話。他們和她們都表示願意和我做朋友；還有一位醫生願意義務為小說中那位畸形的女主角檢查，看看能不能糾正。

這些信都給予我很大的安慰；但是，它們又怎能治療我心靈上的憂傷呢？〈無題〉完成了以後，不錯我的感情曾經發洩了一下；然而，幾天以後，它又像那些會自身生殖的原生動物一樣，爆炸性的繁殖起來。

〈無題〉刊出了一週之後，我又接到了一封字跡非常娟秀的讀者來信，一看信封，便知道是出自女性之手打開信封，兩張雪白的信箋上寫滿了整潔秀麗的字跡，未看內容，便給予我極大的好感；尤其奇怪的是，信末竟簽著「一個你認識的女孩子」九個字。

按捺著一顆跳躍的心，我把這封陌生人的來信一個字一個字的讀下去：

一夫先生：

拜讀了大作〈無題〉，我考慮了五六天。終於，受不住良心的驅策，決定寫這封信給你。

一夫先生，我本來就是您忠實的讀者，想不到，這一次卻做了您小說中的主角。老實說，才看完了第一段，我就知道你描寫的是誰了。我當時的震驚真不是筆墨所能形容的。當然，一位名作家居然不嫌我殘廢而垂青於我，我最初的反應是安慰和喜悅；但是，後來我又怕是你尋我開心而感到被侮辱與憤怒。

一夫先生，我早就知道你是誰了。以前，我在你的小說的封底看過你的照片，後來，每天在車上相遇，我就有點懷疑是你。直至那天跟我下車，把書丟在我的腳旁，我的懷疑便證實。

更坦白的說，憑著女性的直覺，我早已知道你在注意我。我只是不明白，這怎可能呢？我一向對男人並無好感（我的好友敏敏說我是心理變態，我不否認），至此，我更認為你是一條色狼而對你起了戒心。我只是不明白，你怎會去動一個殘廢女孩子的腦筋？

那天我摔倒，你來扶我。我雖然丟了眼鏡，也知道那就是你，但是我故意裝作不曉得，第二天在車上遇見，我又故意使你難堪，以為這樣便可以擺脫你。天啊！我為甚麼要那樣狠心？假使我知道居然把你傷害得這麼嚴重，說甚麼也不會那樣做。我多年的修養哪裡去了？

那天，收到你寄到我公司去的那封信。我先是驚訝於你居然查出了我的姓名（你曾經冒充過一次計程車司機，是吧？）著來，又深深為信的內容所感動，很想給你回一封信。可是，我的教養不容許我這樣做，只好硬起心腸。

如今，讀了你這一篇大作，我覺得我不能夠再緘默了，我自知對你不起，甘願把自尊的面具撕破，寫這封信給你。我不敢求你寬恕，這封信亦只能表達我的歉意於萬一。一夫先生，你知道我是誰，隨便你怎樣處分我吧！

臨楮倥偬，思緒十分凌亂，可能有辭不達意之處，請勿見笑。

敬頌

筆安

一個你認識的女孩子手上

啊！是她！是路凝香！她終於寫信給我了，而且還向我道歉。看來，我那一整晚的熬夜，功夫並沒有白費。也真是皇天不負苦心人，我花盡心機想跟她認識，想不到，最後還是靠一枝筆（我的信卻沒有收穫）才有了結果。看完信，我全身激動得不能自已。我輕輕地吻著那兩張潔白的信箋，彷彿那就是她細嫩的小手。我仔細的琢磨她的每一句話，每一筆筆跡；這時，她的面貌就顯現在我的目前。我和她已有大半個月沒有見面了，明天，該是我們重逢的日子了吧？

那一夜，我簡直興奮得不能成眠。第二天早上，臨到要出門的時候忽然又怯場起來。在車上碰了面該怎樣招呼她呢？萬一又像那次一樣她來個相應不理；萬一寫信的不是她，那我不是當場出醜了嗎？隨著年齡的增長，我已變成了一個穩健有餘而衝勁不足的中年人。我決定，暫時不跟她見面，我要先打一個電話給她。

上了班以後，為了不願被同事們聽見我和她的談話內容，我特地跑到街上去打公共電話。號碼撥通以後，我的手在微微發抖。

「喂！」當對方發出了一聲嬌柔的呼喚時，我的心都跳了出來。

「請問你是路凝香小姐嗎？」我用顫抖而不自然的聲音問。

「我就是。你是哪一位呀？」她的國語很純正，音色又極其悅耳，使我更為之心折。

「路小姐，我是一夫。你的信我收到了」

「啊！我太對你不起了。」她的聲音變低了，好像是怕人聽到的樣子。

「哪裡的話？路小姐，我能見見你嗎？我希望我們有機會談談。你中午有空嗎？」

「好吧！在哪裡呢？」想不到她竟爽快的答應了。

我想了一想，說了一家比較清靜的西餐廳的地點。她輕輕地說了一聲「好的」，就把電話掛斷。我知道她也是避免讓同事聽到。

這時的我，快樂得直想叫想跳。我知道我的痛苦將成過去，雖然我和她還沒有見面。但是，起碼我們已有一次十分融洽的談話。

她穿著一件純白的及膝洋裝赴約。她那一身清雅脫俗的氣質，遮掩了外形的缺憾。在我的眼中，她真是美如仙子。

我從座位上站起來迎接她，壓抑著內心澎湃的熱情，禮貌地和她輕輕握了握手。

「路小姐，請坐。」我為她拉開了一張椅子。「謝謝！」

我們面對面坐下。她白皙的臉上微微泛著紅暈，似乎略帶羞澀。一時間，我們都不知道該如何開口。

「路小姐，我貿然的邀你出來，希望不會太冒昧吧？」我搜索枯腸，找出這樣一句自命相當得體的話。

「假使我覺得你冒昧，就不會來了。」想不到她倒相當的伶牙利齒，回答得也很大方。

「那麼，路小姐不再生我的氣了。」我頓有如釋重負之感。

「我甚麼時候生過氣？該生氣的恐怕是你吧？」她的回答很輕鬆。

「那麼，我們的氣彼此抵銷了？」我也哈哈一笑。

就這樣，我們變得像老朋友一般的毫無拘束地交談起來。我們點了簡單的午餐，慢慢地吃著。她的吃相非常秀氣，一看便知道是個教養良好的女孩子。

「路小姐，你在信中說我很可能知道你的名字。但是，我只是在那次電話中聽到而已。你可以告訴我你的名字是怎樣寫法嗎？」我忽然想起了這個問題。

她笑了笑。用一隻纖細白嫩的手指在桌面寫了三個字，果然，跟我所猜想的完全相同。

「你的名字真美！真是人如其名。」我看。

她低鬟一笑。這時，我只看到她的臉而看不到她的身體。憑這一笑，誰說她不是絕色佳人呢？

「一夫先生，我可以請教你貴姓嗎？還有，這是你的真名還是筆名呢？」她也提出了問題，這也是一般讀者常常提出來的。

「一夫是我的筆名。」接著，我把我原來的姓名告訴了她。

「一夫先生，我在初中的時候就常常讀到你的作品。我最喜歡看你的小說了，那裡面的人物每一個我都好喜歡。」她說話的時候還帶著小女孩的口吻。

「這證明我已經很老。」我微笑著說，內心裡卻有著一絲傷感。

「你一點也不老嘛！比我想像中年輕得多。老實說，第一次在車上看到你的時候，我並不敢確定是你哩！」

「你想像中的我是甚麼樣子的呢？」我對她的話大感興趣。

「跟你差不多，不過要老一點，也嚴肅一些。」

「在你的心目中，作家必須是道貌岸然的嗎？」

「似乎是吧！也許我的想法太幼稚了。」她羞澀地一笑，充份的顯出了小兒女的嬌態。以前，我在車上注意到她的臉上經常帶著怡悅的表情。如今，更證實了她是個樂觀的人。以一個畸形的少女而有此胸懷，真是難能可貴。

這一頓飯吃得愉快極了，到分手的時候，我們已經像是老朋友一樣。她向我坦白地吐露了企仰之情、承認是我忠實的讀者。我也微微的表示出傾慕之意。我們的話都很含蓄，淡淡地恰到好處。友情的芬馨，像是一盞香釅的綠茶，令人齒頰留芳。

我們沒有訂後會之期。何必呢？以後，我們就可以很自然地天天在車上相見了。

如今，每天在上遇見的那一段短短的時刻，真是甜蜜無比。為了避免他人的注意，我們極少交談。但是，這有甚麼關係呢？今非昔比我們已經是一對親密的朋友；起碼，我可以公然的注視她而不必害怕她目我為登徒子。

由於她外形上的缺憾，我們在外面約會了兩次之後，她就不答應再跟我在公共場合出現而改約我到她家裡去。在我們那僅有的兩次會面中，我對她的身世已略有所知。我知道她在那家貿易公司中擔任英文打字工作；是個獨生女，只有雙親跟她住在一起。我很高興自己猜中了她的職業。從她高雅的氣質看來，她一定是出身自教養良好的家庭。能有機會上她家去是我夢寐以求的。

果然，不出所料，她的父母都是很高尚的人物。路先生在大學裡教國文（怪不得他女兒的名字取得這麼雅）；路太太是一個中學音樂教員。文學和音樂的結合，所以生出了如此美好的女兒，定是上天見妒，才使她有一個畸形的身體吧？

路先生夫婦熱烈而誠懇的接待我。他們的態度是那樣的坦率、親切而隨和，幾分鐘以後，我在他們那線裝書與洋裝書並列，山水畫和抽象畫共掛，古玩、瓷瓶與鋼琴擺在一起，中西合璧而不顯得不調和的客廳中，就自由自在得像在自己家裡一樣。

凝香在家裡，態度比在外面活潑得多了。在公車上，由於她的畸形而顯得行動有點不便；此刻，卻跳蹦蹦地像隻小鳥。她的父母顯然十分疼愛他們的獨生女，他們的視線一直沒有離開過她的身上，眼裡都露出了憐愛和喜悅的表情。我相信，在他們的眼中，凝香一定是個完美的女兒。這就是天下父母心。

那次，他們招待我吃了一頓很簡單的中飯。這正合我的意思，我們中國人吃得太多了。飯後，大家圍坐喝茶的時候，路太太對她的女兒說：「凝香，彈兩首曲子給侯先生聽吧！」

原來她還會彈鋼琴，怪不得氣質這樣高雅。我還以為這個琴是路太太一個人彈的哩！

「媽媽，別叫我獻醜嘛！」凝香摟著她母親的脖子，充分表現出小兒女的嬌憨態。

「沒有關係，侯先生不是外人。」路太太撫摸著女兒的頭髮。

我鼓掌表示捧場。「路小姐，露一手讓我這個外人欣賞欣賞好嗎？」

路先生也在一旁催促著。於是，凝香和她母親耳語了一會兒，就坐到鋼琴前面。

似乎，她一揚手，琤琮的琴音，悅耳的旋律就流瀉在室內每一個角落。我不懂音樂，不知道這是什麼曲子，只見她纖細的雙手在琴鍵上飛舞著，那些琴鍵就像被魔杖點過那樣發出了美妙的樂曲。

一曲告終，我熱烈鼓掌。不祇為了音樂，也為了彈琴的人。我問路太太：「是您親自教的嗎？」

「是的。也許我不夠嚴，也許我自己的本領不夠，所以，凝香的琴技也只限於自娛而已。」

「這已經夠好了，真是名師出高徒啊！」

路先生聽我這樣說，馬上就在一旁插嘴：「侯先生，你可不能專門捧她們母女的場。我告訴你，凝香還會寫文章，那可是我訓練出來的哩！」

「爸爸，我不來了。你不要亂講嘛！」凝香在撒嬌。

「路小姐，你爸爸說得對，我本來就知道你家學淵源嘛！」我沒有提到她寫的那封信，因為我不知道她有沒有讓她的父母知道這回事。

凝香無限，嬌羞地低著頭，路先生卻得意地哈哈大笑起來。

路先生幽默風趣，路太太溫和親切，凝香何幸，生在這充滿了溫馨與歡樂的家庭中。在路家盤桓了半天，使得我這個少年時代就流浪來臺的獨身漢更加感到家的需要。

凝香會要我嗎？她的父母會嫌我年華老大，學歷不好嗎？在某些場合，我有時也會受到別人的尊崇；但是，在凝香面前，我卻深深感到自卑。

認識凝香半年之後，我們的感情進展得很快；在她的家中，我已毫無拘束，像是一家人一樣。然而，我們之間只像是兄妹而不像是愛侶，除了握手之外，我不敢對她有更親暱的舉動。在我的心目中，她是個尊貴的女神，是細瓷製造的洋娃娃；我對她，只有膜拜的成份，連碰都不敢一碰。

這種情形使得我十分痛苦。固然，她已知我的心意，但是，我該怎樣來向她作進一步的表示呢？

現在，已經有許多人知道了我和她交往的事了。我向一些有經驗的朋友討教，他們一致給我打氣，鼓勵我要勇敢的向她表白衷曲。他們說：「情場如戰場，拖得太久，不是好現象。所謂師老兵疲，你不及時把握良機，對方會以為你沒有誠意。你堂堂男子漢，怎會膽怯得這麼厲害？鼓起勇氣來吧！我們等著吃你的喜酒。」

聽了朋友的勸告，我果然勇氣百倍的準備向她開口。可是，一見了她的面，我本來背得滾瓜爛熟的求婚臺詞，竟是訥訥的出不了口。我為甚麼變得如此窩囊無用，真是連自己也莫名其妙。

終於，我還是不得不借助於自己的一枝筆。我寫好了一封自認為十分動人的求婚信，在一次聚會後要分手時紅著臉交給她說：「我有很多話要告訴你，但是我不善言辭。現在，我把它們寫下來，請你看完了以後答覆我好嗎？」

她一定已經知道了我的意思，因為她的臉也脹紅了。她默默地把信接過來，沒有說話。

……

那已是一年多以前的事。現在，路凝香早已成了我的妻子，再過幾天，就是我們的結婚週年紀念，我特地把我們認識的經過寫出來，作為我送給她的結婚週年禮物。

讀者們也許想知道凝香是怎樣回答我的求婚的。我記得，那時她臉上的表情十分平靜，見了面的第一句話是：「你的信我看過了。」

「凝香，你肯答應我嗎？」我緊緊地握住她的手，一顆心都快跳了出來。

「我只想知道，你對我的感情，不是由同情與憐憫而衍變的吧？」她用堅定的目光望著我。

「那怎麼會？我對你只有膜拜和愛慕，你並不需要我的同情與憐憫呀！」

「你不嫌我是個有缺憾的人？」

「凝香，在我的眼中，你比誰都美。我只怕高攀不上。」

「我問過爸爸和媽媽了，他們都說你是個好人，他們叫我——」說到這裡，她低著頭說不下去。

就這樣，凝香做了我的妻子。經過了一年來的相處，證實了她的確具有溫柔、嫻淑等好德性這個不幸有著先天缺憾的女孩子，我覺得她真是世界上最可愛的人。

贖罪的丈夫

他一走進來，便吸引了她的注意。這一半是由於他出眾的儀表，一半是由於這是女裝店，很少單身男客進來之故。他，體格魁梧，大概是一八〇公分與七十公斤的標準身材。穿著講究，相貌堂堂，一看就是個大人物。他大約有五十歲，正是男人最成熟的年齡。穩重與高貴的風度更增加了他的魅力。

他昂著頭，瀏覽著那些掛在牆上的各式各樣的女裝，那副神情，就像在欣賞名家的藝術品。她暗暗追隨著他的眼光，發現他的視線大部分停留在那顏色比較雅淡而式樣簡單的少女服裝上。憑她多年做店員的經驗，她猜他一定是要為女兒買衣服。於是，她走到他面前，微笑著問：「先生，是要給你的小姐買衣服嗎？」

他聽了她的話，先是愣了一下，但是馬上便恢復鎮定。「嗯！」了一聲。

「這一件好嗎？」她指著一件大方領、無袖、六片裙、米黃色蔴紗料子，鑲著白色蕾絲，邊緣上繡滿了淡紅色玫瑰的迷嬉裝。

「是你小姐的生日吧？穿這件迷嬉裝開生日舞會最合適不過了。」

他瞥了一眼衣服上的標籤。一千三百九十元。「這件太貴了。你們今天不是全面五折嗎？有沒有便宜一點的？」他指著店門口的紅布招貼說。

「哦？先生，五折的都在這裡。」她指著店鋪中央衣架上那些過了時的洋裝，心裡有點失望。還以為來了個闊客人，原來也是個小器鬼。真是虛有其表。

他走過來，把掛在衣架上的衣服一件件的翻看著，每一件他都是先看價錢，再看貨色。翻了半天，他挑了四件出來，拿在手中比來比去。這四件都是比較保守的款式，兩件是襯衫連裙式，兩件是無領無袖的簡單式樣。其中一件淺咖啡色，一件淺藍色，一件白底碎花，一件綠白格子。

「請你量量這幾件的腰身是多少？」他說。

她用皮尺量了一下，每一件都是廿四・五吋。「我們的尺碼都是根據標準身裁製的。您小姐的尺寸是——」

「嗯！大約是廿四吋」。

「嘩！好苗條！她一定很漂亮。先生，她幾歲了？這幾件衣服會不會太老氣一點？你買剛才那件迷嬉裝不好嗎？」她忍不住滔滔不絕起來。

他露出了一個詭秘的微笑：「告訴你吧！事實上我是買給我太太穿的。她穿那件太年輕了。」

「真的？先生，你真是一位體貼的丈夫！」她乘機又多看他兩眼。他神采奕奕，面帶優雅的笑容，真是迷人極了。不知怎的，她居然對那個不認識的女人感到妒忌起來。「可是，她為甚麼不自己來買呢？」

「因為，她不幸殘廢了，她不能走路。」他的神色有點黯然。

好動人的故事喲！一向喜歡看小說的她，更增加對他的好感了。一個殘廢而身材苗條的妻子，體貼而英俊的丈夫親自為她選購衣服。他們的鶼鰈之情，真是可想而知。她——一個已經廿七歲而還沒有男朋友的女孩，簡直感動得快要流下淚來。

天！我的店員生涯竟然已渡過了九個寒暑了，這種依人籬下，為人作嫁的歲月，將伊於胡底呢？當年，因為考了兩年大專聯考都榜上無名，受不了雙親的嘀咕，乾脆放棄了升學的念頭，決心獨立謀生（當然也有過嫁人的念頭）出來找工作。怎曉得，一眨眼就是九個年頭，丈夫沒有找到，卻變成了資深的店員。哼！一個廿七歲的「老」店員，而又貌不驚人，在這個陰盛陽衰的年頭，有誰會要你？不害臊，居然還為那個儀表堂堂，看起來挺有學問的男人動心？你呀！去當他家的佣人還差不多。

那個男人去了以後，她無端端地自怨自艾、自嘆自憐了大半天。那個晚上，她破例答應一個五十多歲的「糟老頭」的約會，聽歌又宵夜的，玩得興致淋漓，才回到那間跟另外三個女孩合租的小房間去蒙頭大睡。

第二天，她算是把那個人忘記。下午，生意很清淡，當她正埋頭在一本言情小說中的時候，忽然，聽見一個女人用一種膽怯的聲音對她說：「小姐，這些衣服是不是你們店裡賣的？」

她抬起頭，看見一個瘦瘦小小的女人站在她面前，手裡捧著一包東西。一則是被人打擾了看小說的興致，二則是她一向討厭顧客來調換衣服。於是，她拉長臉孔，沒好氣地說：「甚麼衣服嘛？」

「就是這些。」女人把購物袋裡裝著的衣服統統倒出在櫃檯上。

由於服裝店的生意一向清淡，她一眼便認出那是昨天賣出去的衣服：一件淺咖啡色、一件淺藍色、一件白底碎花、一件綠白格子。不用細看標籤，她就記得是那個很體面的中年男士買去的，那個曾經使她動過心，而又只好設法忘情的人。她不是說要買給他那殘廢的太太穿的嗎？怎麼又到了這個女人的手上？

她斜著眼打量面前這個瘦瘦小小的女人。樸素無華、脂粉不施，一看就知道是個普普通通的家庭主婦。年紀不輕了，大概總有五十歲左右。多年來做店員的結果養成了她的勢利眼，她壓根兒就瞧不起這種衣著寒傖、土裡土氣的老女人。看她身上那件小圓領、短袖、直裙的細花新光綢洋裝，早就應該退休當抹布了。她到底是那個男人抑或他太太的甚麼人呢？

裝模作樣地她把幾件衣服上的標籤都驗看了一番，然後斜著眼睛說：「是，不錯！是我們店裡賣出的。怎麼啦？」

「我——我想換。」女人囁嚅著，像是一個做了錯事的小學生。

「不能換。」她斬釘截鐵地回答。「這些都是犧牲品，都是只剩下一件的。就算不合身，也不能換了。你買的時候為甚麼不試穿呢？」最後那一句話是故意說。

「不是我自己買的，是！是我先生買回去的，就是昨天嘛！」女人低著頭，小聲地說。甚麼？那男人是她的先生？他的太太不是殘廢的嗎？到底是他騙我還是這個女人騙我？那個男人那麼體面，這個女人卻這樣土氣，八成是她騙我。

「你說昨天來買這些衣服的那位是你的先生？」她的聲調稍微溫和了一點，因為她想打聽內情。

「是呀！個子高高的那個。」女人顯得很焦急。

「他為甚麼不帶你一道來買？」她的嘴角露出了一個狡猾的微笑。

「他——他就是喜歡自己來買，他說那樣可以使我驚喜。小姐，男人買的東西總是不合我們心意的，這衣服一共多少錢？我另外換一件貴一點的好嗎？」

「太太，告訴你吧！假使你真的是那位先生的妻子，你猜他昨天怎樣對我說？他說你是殘廢的，不能走路。那麼，你怎樣來解釋他那句話呢？」她狠狠地，毫不容情地揭穿了她的謊言。她想像中他的妻子是一個容貌秀麗、楚楚可憐的、坐在輪椅上的小婦人，而不是這個土土的家庭主婦。這個女人太配他不起了，這使得她對她的妒忌心更重，她就是要打擊她。

「他說我是殘廢的？為甚麼呢？」女人原來就蒼白的臉更加蒼白了。她雙手撐在櫃臺上，彷彿怕自己倒下去。

「為甚麼？你還不明白？他不讓你跟著他來買，因為他要買便宜貨給你。這四件衣服一共值多少錢？告訴你吧！還不到八百元，是最便宜的犧牲品。」她大聲說著，最後還加了幾句：「不過，雖然是犧牲品，也比你身上這件好得多。既然是老公買給你的，你就穿上算了，還換甚麼嘛？」

女人緊閉著雙眼，額上開始冒出汗珠，撐在櫃臺上的雙手青筋暴脹。忽然間，身體搖晃了一下，就往後倒了下去，直挺挺地躺在地板上。

糟了，不要惹出麻煩來才好，但願那個女人只是裝死。她蹲下去，把女人扶起來，讓她坐在那張唯一的木椅上。還好，女人並沒有怎樣，一會兒便睜開了雙眼。她悠悠地嘆了一口氣，兩道淚水沿著面頰流了下來。

「太太，你沒有怎樣吧？」即使心再狠，這時她也慌了手腳。

「沒有關係了。我血壓太低，容易暈倒，現在已經沒有事。」女人從皮包裡拿出手帕來擦了擦眼睛。「他真的說我殘廢？我知道，他是巴不得我真的變成殘廢，最好是死掉，好讓他為所欲為。」說話一直細聲細氣的女人，此刻，竟用粗嘎的嗓音大聲嚷了起來。

「那怎麼會？雖然他買廉價的衣服給你，但這還是關心你的表現呀！」她微微有點唯恐天下不亂的心理，酸溜溜地說。

「哼！關心？」女人冷笑著，她那蒼白的臉上的笑容，看起來比哭還難受。「這是贖罪！最廉價的贖罪！小姐，我告訴你，我家裡堆滿了廉價而不合用的洋裝、皮包、耳環、項鍊，都快可以開一間舊衣店了。那都是我那寶貝丈夫送給我的。起初，我還以為是他愛我的表現。他並不算太有錢，禮物便宜一點沒有關係。後來，當我發現他有了另外的女人，那些禮物便都變成垃圾了。他長得很英俊，是吧？我發現你在談到他的時候眼睛就會發亮，的確，他是很吸引人的，不是嗎？」女人聲音嘶啞地說著，說完了，又發出一陣神經質的笑聲。「算了，你既然不肯換，我還是拿回去開舊衣店吧！」說著，她搖搖晃晃地站起來，開始摺疊那四件攤在櫃臺上的衣服。

「太太，你身體不好，再歇一會兒吧？」她把女人扶回椅子上，因為她要繼續打聽下去。為了想討好那個女人，可以多告訴她一些事實，她還去倒了一杯開水給她。

女人閉著眼睛喝了兩口水，然後，張開眼睛向她展開一個無力的微笑。「小姐，謝謝你，你真好心。」

她把身體靠在櫃臺上，擺了一個舒適的姿勢，準備長談。「太太，你也很好呀！我真不明白，像你這樣一位好太太，你的先生為甚麼還要在外面搞女人呢？」

「好有什麼用？我老了，不漂亮了，他就嫌棄我。這不是簡單的很嗎？」女人雙手握著那隻杯口已經有了兩三個缺口的茶杯，低著頭，幽幽地嘆了一口氣。

「那麼，他愛上的又是甚麼樣的女人呢？」這是她最急於想知道的問題。

「假使那個女的條件比我好得多，那也罷了。氣人的是，那個女的除了年紀輕以外，竟是一無可取。既不漂亮，又沒有受過高等教育。你猜她是幹什麼的？一家小飯館的老闆娘！」現在，女人抬起頭定定地望著她，眼色裡含著怨和恨，彷彿她就是那個老闆娘。

「老闆娘？她是有丈夫的？」她睜大了眼睛。

「不，她是個小寡婦。她在他辦公廳附近開了一間專賣快餐的小飯館，價錢便宜而又佈置的很雅潔。我先生常常在中午去光顧，回來就讚不絕口，還帶我去吃過一次。那個老闆娘，大概三十出頭，普普通通一個女人，孩子也有兩個。我真不明白，他怎會看上她？她又是怎樣跟他勾搭上的？」女人喃喃地說著，語氣漸漸平靜起來，眼色茫然，似乎是在述說別人的事。

那個老闆娘真的一無可取？這時，女人不禁感到一股的愧疚。憑她那僅有一次的印象，那個小婦人渾身都是活力，能幹而又勤勞，臉上經常帶著誠摯的笑容。而我自己，雖然唸過幾年書，但是樣樣都是半吊子，甚至連家務也處理得不好。對他也太冷淡了一點，從來沒有對他表示過任何關切。而且……

「太太，你們有幾個孩子？」這故事平淡得使她失望。在她的想像中，人外遇的對象應該是舞女、酒女、歌女、演員、吧娘、交際花之流才對（像我們當店員的，就沒有這種「福份」）。像他那麼英俊的一個男人，竟然看上一個小飯店的老闆娘，真是太洩氣了。現在，她漸漸有點同情那個女人，而開始妒忌那個老闆娘。

「孩子？一個也沒有。要是有的話——」女人說到這裡就把話嚥下去。要是有孩子，他就不會變心了。這多丟人，多喪氣呀，我幹嘛要告訴一個不相干的人。

「要是有孩子的話，妳的先生就不會去找別的女人了。是嗎？」誰曉得那個鬼靈精的女店員卻替她把話接上。

「嗯！我要回去了，既然你不換這些衣服。」女人有點不高興，站起身來就收拾她的衣服。

「太太，你打算怎樣對付你先生呢？」她仍然不放鬆地追問下去。

「不打算怎樣。」女人說著，抱起那包衣服，昂然就走出店門，態度跟來時完全兩樣。

望著女人瘦瘦小小、蹣跚而走的背影，她不禁狠狠地向地面吐了一口口水。臭美甚麼？看你這副倒楣的樣子，就注定是要被丈夫遺棄的。

一整個下午，除了有兩個太妹模樣的少女跑來把所有的洋裝都翻看了一遍以外，居然沒有一個顧客上門。她無聊地捧著一本小說，坐在那個小女人剛才坐過的、唯一的椅子上，心裡卻一直在想看那個長得很體面的男人和他那個打扮得土裡土氣的妻子的故事。現在，她已不再喜歡那個男人了。多可怕啊！一個看起來相貌堂堂、溫文爾雅的男人，一旦有了二心，對妻子便擺出兩副面孔。他還以為不時買些廉價衣物送給妻子便可以對得起自己的良心，這種想法，豈不是太天真了嗎？女人並不這樣可欺的啊！

她倒抽了一口冷氣，同時也覺得像上了一課。她知道漂亮的男人並不可靠，漂亮的男人也恐怕不是好丈夫。不過，我何必操這分心呢？憑我這副長相，以我二十七歲的「高齡」，漂亮的男人又怎會看得上我？算了吧！

黑色的雪

「先生，你今天吃甚麼？紅豆冰還是綠豆冰？」

去得次數多了，每一次，唐伯寧一走進那家小小的冰果店裡，那個唯一的女店員就走過來招呼他。

他在肚子餓的時候吃紅豆冰，不太餓的時吃綠豆冰。紅豆冰和綠豆冰都是五塊錢一客，既可解渴，又可充饑，可算是十分價廉物美的了。反正天氣熱，胃口不佳，馬馬虎虎也可以對付過去，回家早一點睡就是。萬一真的餓了起來，下樓吃一碗陽春麵也可以。要不然，用開水泡一碗冷飯，亦可以填肚子；要是找得到剩菜，就很滿意了。

其實，他家裡有的是好吃的晚飯，雖然並不算豐盛，母親做的菜總是使他大快朵頤的。而且，每天早上他出門的時候，母親總不忘問一句：「回不回來吃晚飯？」而他總是很誠懇地叫母親不要準備他的。有時，在路上餓得七葷八素時，聞到別人家裡的飯香，就很想不顧一切回去飽餐一頓；然而，他的自尊心卻阻止他這樣做。

有一次，他走進那家小小的冰店時，正巧碰上他們在吃飯。三個菜，一碗湯，五個人——老闆夫婦、兩個小孩子和那個女店員——共吃，雖然不怎麼夠；但是，那盤豆豉、辣椒炒豆腐乾的香味，卻引得他口水直流。他很想省回吃冰的錢到別的地方去吃一碗魯肉飯或者陽春麵；然而，已經進來了，又不好意思退出，只好硬著頭皮叫一客紅豆冰。女店員放下碗筷走過來招呼他，嘴角黏住一顆飯粒，還問他吃過飯沒有，這使他對她異常厭惡。她把紅豆冰端給他，他發現這一次的紅豆冰特別多，幾乎是平時的一倍。他狼吞虎咽地吃著，把最後一滴冰水也喝光，把五塊錢丟在桌子上，然後像逃避甚麼似的，狼狽地離去。

走在人靜的巷子裡，他發覺自己的眼角竟滲出了淚水。取下眼鏡，用手帕狠狠地擦了下眼睛，想不到，手帕上的水漬竟愈來愈大。說起來也許是太荒唐了，在社會康樂的自由寶島上，一個受過高等教育的青年，居然要餓肚子，誰會相信呢？然而，事實上的確如此，有一個多月了，從星期一到星期六，他除了在家裡吃早餐以外，中午都是以一個饅頭充饑，晚上不是紅豆冰綠豆冰就是綠豆稀飯。到了星期日，他才得以不上班為藉口，在家裡大快朵頤。當然，假使他每天在家裡吃三餐，絕對沒有人說話。他的雙親都很疼愛他，他的弟弟妹妹對他也極其友愛，絕對沒有人會說他在家裡吃閒飯。只是，他不能那樣做，也不忍心那樣做，父親已經五十多歲了，以一個低級公務員的微薄薪津，供養一家七口，已經被生活擔子壓得透不過氣來。

他是長子，總算靠獎學金和家教收入完成了大學學業。畢業一年多了還沒有辦法分擔家裡的開支，已屬不該，怎可以還要父親供養呢？

走出巷子，他看見了夕照下的新店溪。大橋上車輛往來不絕，行人如織。盛夏的六點半鐘，天色還沒有暗，正是人們回去樂敘天倫的時刻。假使他跟別人一樣，也有一份工作；他一定急著回家享受母親親手烹飪的晚餐，到浴室沖一個涼水浴，然後搬一張椅子，到陽臺上讀葉慈的或者是伊利略特的詩。而現在，他卻很怕回家去，他很怕接觸到雙親關切的眼光，更怕看最小那個妹妹因為家裡沒有電視機而隔著窗口遙看鄰家的螢光幕那副可憐的模樣。為甚麼？難道我們不努力？為甚麼我們的生活總是不如人？

他在河堤上緩緩走著，他還要再走半小時才能到家裡。他每天都這樣走回去，一則為了省回一元五毛的車錢，一則為了消磨時間，回到家裡，他母親常常詫異他何以總是氣喘如牛，汗出如漿。而他總是輕鬆地笑笑：「我是導遊呀！當導遊哪有不走路的？」

導遊，這份曾經使他感到自卑的職業，不知給過他多少不愉快的經驗。但是，他現在連這樣的職業都找不到。他一個多月以來，他常常想：只要不餓肚子，他都願意不顧大學畢業生的自尊，去做任何工作，然而，到了最後關頭，他又嫌這件工作時間太長，那件工作太市儈氣；做臨時清潔工人，他怕髒；做搬運工人，他又沒有氣力。他知道自己的毛病，有一個家在這裡，起碼有得住有得用，也不至於餓死。假使他只有單身一人的話，恐怕連糞夫也要做了。

其實，那次他跟導遊社老闆要甚麼性格呢？他不願意陪那兩個面目可憎、態度傲慢的美籍日人去遊烏來，老闆已經很不高興。後來，由他導遊的一對英國老夫婦，態度更加倨傲，他對他們也就沒有好臉色，旅行回來，那老太太告了他一狀，老闆把他訓了幾句，他一怒之下，就掛冠而去。

他沒有把丟了工作的事告訴父母，因為他不想他們為他操心。在全班的同學之中，他的出路——當導遊——本來就是最差勁的。絕大多數的人放洋去了。那些不「出去」的，有些在洋機關做事，有些在貿易行當英文秘書，有些當空中小姐少爺，只有他和另外兩個在國中教書的最沒「出息」，而那兩個在校的成績都沒有他好。他常常聽見一些長輩們對他的父母說：「你們真福氣！少爺是唸外文的，將來一定賺大錢啊！」賺大錢？現在的外文人才多如過江之鯽，憑他一個三四流大學出來的又算得了什麼？更何況，別人的社會關係都比他好得多？以他這樣一個小公務員的兒子，除了在報上的人事廣告中去鑽以外，還有甚麼其他辦法？在經過無數次的失敗以後，這家小小的旅行社每個月五千元的待遇，他已是求之不得。然而，該死的，他做了不到兩個月就把差事給砸了。他是六月底退伍的。七月底進了這家旅行社，九月中辭職。現在是十月初，他已「流浪」了半個多月。他的全部財產只剩下三四百元（他把大部分薪水交給了母親），這一點點錢，他必須維持到找到另外一份工作為止。這就是說，他還得繼續挨餓下去。除非他回家去吃飯。

這一天，跟往常一樣，他在路旁的貼報牌前面站了大半個鐘頭，把分類小廣告中的人事欄仔細讀一遍，把適合自己的工作用紙抄起來，然後前往應徵。今天，運氣很不好，只有一項是他能做的：送貨員。經過了無數次的挫折，他決心打破士大夫階級的觀念，送貨員也要幹。他按址找到那家日用品批發商，結結巴巴說自己是個役畢的高中生。店老闆對他倒沒有甚麼挑剔；可是，「自備機車」和「找舖保」這兩點卻難倒了他。

他垂頭喪氣地走了出來，準備再看看別的報紙碰運氣。一想到報紙，他的腳步不期而然地走向冰店。因為冰店訂了一份分類廣告特別多的報紙。他之所以常常來光顧，跟這份報紙很有關係。再者，這家冰店清潔、顧客少，他可以一坐坐上半天，而他們的價錢也比較便宜，別家六塊錢一客紅豆冰，還沒有他們多！

「先生，今天要紅豆冰還是綠豆冰？」照例，女店員又走過來招呼。

他本來想要綠豆冰的，因為他一向比較愛吃綠豆。但是，也許時間快到中午的關係，他的肚子已經在吱吱叫，於是，他說：「紅豆冰。」

他把放在鄰桌桌面那份報紙拿過來，打開分類小廣告那一版，希望發現他的綠洲。

紅豆冰送來，冰屑堆得高高的，就像是一座小山。他用調匙把冰屑撥開，發現裡面的紅豆比上次還要多。

女店員站在不遠的地方，含笑望著他，他看見店裡沒有別人，就對她說：「你這樣做，不怕老闆罵？」

「他們都不在嘛！他跟他太太帶小孩回娘家去了。」女店員還是微笑著，臉上常帶著點得意的表情。

「你為甚麼要這樣做？」他望著她，狐疑不已。

她沒有回答，逕自走到他的桌邊，跟他對面坐下。「你是不是在找工作？」她的眼光望著他桌面的報紙。

他心裡有點怪她多事。但是，他又覺得，在這個「絕境」中，他何不也「多事」一下呢？他嚥下了一句「你怎麼知道？」，裝出一副瀟灑的表情：「是呀！你肯介紹麼？」

「算了，你們大學生要我介紹？」她掩嘴一笑。

「你怎曉得我是大學生？」他詫異地望了她一眼。

「當然曉得，你第一次來我就看得出來。你們大學生看起來就是另外一種樣子。」

他發覺：她正在用有點羞怯的目光在他的臉上和身上搜索。這大半個月以來，他走進這家冰店已不下十幾次，現在，他才看清她的面貌。

她大概還不到二十歲，皮膚黑黑的，電燙過的頭髮短短的。她的臉沒有甚麼特徵，不漂亮也不醜。只是牙齒很整齊很白，笑起來頗為可愛。他，很久沒有跟人談天了。由於心情不佳，他總是難得開口。由於心理上的自卑，他從不跟同學們聯絡。每天，就這樣默默地獨來獨往。也許就是因為憋得太久了，他，忽然有著想向人傾吐的衝動。

「我手上又沒有拿書，你憑甚麼說我是大學生呢？」他在無聊之中，故意逗著她。

「人家就是看得出來嘛！」她不好意思地低頭一笑。「你還不趕快吃，冰都化成水了。嗯！你要不要再來一份？我請客，綠豆冰好嗎？」

「不了，謝謝你！要的話我會叫的，怎好意思要你請客？」女孩對他的關懷，使他不敢再開玩笑。

「這樣好嗎？」女孩抬頭望了望牆上那隻舊式掛鐘，「已經十二點了，你在這裡跟我一起吃午飯。」

「你怎麼知道我還沒有吃飯？」飯，白飯，香噴噴熱騰騰的白米飯。今天是星期五，他已有五天沒有嚐到飯味了，一聽到「飯」字，他的眼睛不由得就濕潤起來。

「我知道。你常常在吃飯的時間來吃冰。還有，你天天在找工作。你是不是逃家了？」說到「逃家」兩個字，她很緊張地望著他，露出了很天真的表情。

逃家？她還以為我是個在學的毛頭小夥子哪！他真想放聲大笑；但是，他還沒有笑出來，眼眶便濕潤了。但願我是個逃家的孩子，她怎會想到，他卻是有家歸不得。

「為甚麼？你哭了？」那天真的臉換了一副駭然的表情。

「小姐，真的，我需要工作。你們這裡還要不要店員呢？」他沒有正面回答，只希望他的多事能給他帶來好運。

「我想他們不會再要人的。不過我可以問問看，你姓甚麼？幾歲了？」她一本正經地說。

「謝謝你，小姐。我叫唐伯寧，二十四歲了。」

「你叫我阿雪好了。唐先生，你坐一會兒，我去開飯。」

「不，阿雪，我不能白吃你的飯，我明天再來吧！」他站了起來，把一張十塊錢的鈔票放在桌子上。

「你怎麼這樣客氣嘛？老闆他們一家回基隆娘家吃拜拜去，叫我一個人看店，老闆娘特地多留一些菜給我，我一個人吃不完的，你跟我一起吃有甚麼關係嘛？」雖然是第一次交談，阿雪竟鼓著腮嬌嗔起來。

他忍不住微笑了。「可是，我會吃很多飯，你老闆娘會奇怪你為甚麼忽然變成飯桶的？」

「不要緊，我們老闆娘人很好，我告訴她剛好朋友來，我留他一道吃飯，她不會說甚麼的。」阿雪還是一本正經地說。「我現在就進去把飯菜弄熱，你在這裡看報等我。喏！這十塊錢先收起來，免得被別的客人拿去。」說完了，她就走到裡面去。

他想開溜，但是她還沒有收他的錢。而且，他走了，店面便空無一人，也不行。這時候，又有別的客人來吃冰，他只好大聲喊阿雪。她蹦跳著跑出來，一張臉蛋黑裡透紅，露出一排潔白的牙齒，是個十分健康愉快的女孩。

幾分鐘以後，吃冰的客人走了。阿雪笑嘻嘻地從後面捧出了三樣小菜：一小盤紅燒豬肉、一小碟豆豉炒魚乾、一碗冬瓜湯（這女孩倒容易滿足），還盛了兩滿碗的白飯，擺了兩雙竹筷子。

「唐先生，來！」阿雪站在桌子旁邊等他。

這時，再推擋便太小氣了。他只好大大方方地走過去。

「唐先生，不要客氣。」阿雪微笑著坐下來。

「我要是客氣便不會留下來了。」他也坐下來，開始大口大口地扒飯，在來米燒成的飯雖然又乾又硬，他吃起來卻是很香。

「吃菜呀！」阿雪夾了兩塊紅燒肉放到他的碗裡。他實在不忍心分吃她的菜。那麼一點點，以他的食量，一個人都不夠吃。

「真的，唐先生，我吃得很少，你用不著不敢吃呀！」她不斷地夾菜給他。等到他扒完最後一碗飯，立刻又替他再盛一碗。

他吃了兩碗就不再添。當然有點不好意思再吃，同時他也不想一頓饑一頓飽。

想到下午他還得到處奔走，於是，他站起來告辭。「阿雪，謝謝你。關於工作的事，請你問問你的老闆，不過，你不要說明是我，否則我不好意思再來了。」他把那張十元鈔票偷偷壓在碗底，本來想不要找錢的，但是阿雪眼快，立刻便發覺。他要往外走的時候，她已拿了五塊錢塞到他的手裡。

「再見！」她歡欣地送他出門。他卻是低著頭，盈盈欲淚，自覺是現代的韓信。啊！漂母一飯之恩怎能忘？想不到我唐伯寧有一朝竟落魄到如此地步。

他低頭走著走著，茫然沒有目標。今天，他讀遍了兩份報紙的人事小廣告，除了送貨以外，就沒有他的機會了，這下半天如何去消磨呢？往常，他像一般流浪漢一樣，把公園、公共圖書館、車站、銀行這些地方作為他歇腳的所在。今天，他卻哪裡都不願去。也許是中飯吃得夠飽吧，他渴望睡一個午覺。假使他花得起十塊錢，就可以到那些三輪電影院去睡兩個鐘頭，但是，為了省錢，他大概又得到圖書館中去打瞌睡了。

走著走著，眼睛都快睜不開了，他忽然跟一個人撞個滿懷。那個人正要開口罵他「走路不帶眼睛」，卻又改口大叫起來：「喂！你不是唐伯寧嗎？真想不到，我們居然撞上了。」

他錯愕地抬起頭來。站在他面前的是個矮矮胖胖的青年，剪著短短的頭髮，穿著一件已經變灰的白色香港衫。那張長著小眼睛、小鼻子、小嘴巴的圓臉看起來是有點熟悉；但是，他怎會認識這樣一個小商人模樣的人呢？

看見他那副迷惑的表情，那個人伸出手使勁地拍拍他的肩膀，又大聲的嚷了起來：「好小子，做了大學生就不認得小學的同學啦！我是——」

不等那個人講完，唐伯寧就搶著說了：「我知道了，你是李金寶。誰叫你變得這樣胖嘛？我一下子怎認得你？」他想起了小時候像猴子一樣的李金寶，就忍不住大笑起來，一時間，倒是忘記了自己的苦惱——失業和渴睡。

「你倒是沒有變，好像愈長愈英俊。唐伯寧，你現在在哪裡上班呢？快出國了吧？」李金寶熱情地握著唐伯寧的兩隻手用力搖晃著。

「出甚麼國嘛？我現在是在家裡蹲。李金寶，你給我介紹一份工作呀！」因為跟李金寶分別了十幾年，唐伯寧不怕他瞧不起自己。

「我不相信。你們大學生會找不到工作。」

「你幹嘛開口閉口說你們『大學生』，難道你自己不是？」

「本來就不是嘛！我讀完初中就輟學了，我連高中也沒考上。後來，你們考大學那年，我在報上一個個的找出你們的名字，都羨慕得想哭了。」李金寶看了一下手錶。「喂！唐伯寧，你還沒有吃飯吧？我們找個地方坐坐，好好地聊一聊。」

「我吃過了。假使你還沒有吃，我可以奉陪，喝——一杯——茶。」反正沒事，唐伯寧覺得，有個人談談也好。何況他和李金寶小時候還一起逃過學到郊外去玩哩！

「好極了，你不要喝茶，我請你喝酒。」李金寶又拍了拍唐伯寧的肩膀。

前面不遠的地方有間小小食堂，裡裡外外看起來都有點髒兮兮。李金寶幾乎是押著唐伯寧進去的，隨便找了一副座頭坐下，便吩咐老闆切滷味、炒菜、還開了兩瓶冰啤酒。等到那張油污的桌上擺滿了鹽水鴨、滷鷄翅膀、炒蝦仁、炒墨魚和一大碗榨菜肉絲湯，每個人面前還有一大杯冒著泡沫的啤酒時，唐伯寧不免有著啼笑皆非的感覺，要是明天才碰到李金寶多好，今天，可要把肚皮撐破啦！

唐伯寧剛才雖然已吃過阿雪的那頓飯，不過，由於菜不多，他並沒有吃得十分飽，如今，在冰涼的黃金色的啤酒的誘惑下，他的食慾又引起了。反正，老同學嘛！他既然要請客，又何必拘束？

「為我們的重逢乾杯！」他們兩個人幾乎是同時的舉杯、仰脖，把杯中的液體一飲而盡。吃了兩口小菜，唐伯寧便忍不住問他的老同學：「李金寶，你說你讀完初中便不上學了，這些年，你在做甚麼呢？」

「你想，一個初中畢業生能做甚麼呢？起初，我老頭把我送去做店員，到當完兵以後，我又回去做。那是一家買賣美國人舊貨的商店。兩年前，老闆全家出國去，我和一個朋友便把那家商店頂了下來。唐伯寧，我李金寶現在總算是老闆了。」李金寶喝了一大口啤酒，夾了一塊鴨肉放進嘴裡，一面咀嚼著，一面又說：「唐伯寧，你說你在找工作，是真的嗎？我和我那個朋友，英語都不靈光，在跟美國人做生意時，總是不大方便。我們常常想：要是有個英文程度好的人來幫忙，那該多好！喂！唐伯寧，今天碰到你豈不是天意！不過，以你一個大學畢業生，不見得肯在我們這種小店裡屈就吧？」

一陣意外喜悅流過唐伯寧的全身、加上半杯啤酒的作用，他的瘦臉脹得紅紅的。「李金寶，你這是甚麼話？我是求之不得啊！不瞞老同學，我已經走投無路了。」說到這裡，他的眼眶又濕潤起來。

「真的嗎？這真是天意啊！唐伯寧，小店今後可要倚仗你的大力了。來，乾杯，祝我們今後的合作。」李金寶又仰頭喝光了一滿杯的金黃色液體。

「你的商店在哪裡？」

「天母。我等一下就要回去，你要不要一道去看看？」

酒酣飯飽之後，兩個老同學興沖沖地搭上一部公車到天母去。在大街上，李金寶把唐伯寧帶進一家小小的，亂七八糟的舊貨店裡。一進門，唐伯寧心裡就倒抽了一口涼氣：這是整條街最蹩腳的一間，看來簡直就像從前桂林路的「賊仔市」，那像間買賣美僑二手貨的商店？積滿灰塵的舊冰箱、洗衣機、彈簧墊橫七豎八地亂堆著，舊衣物一箱箱、一籮籮地堆放著，一點規模也沒有。

「嘿嘿！東西很亂，沒地方給你坐，你來了，我們再想辦法整理。」李金寶抓著頭皮、有點不好意思。然後，拉開嗓門大叫：「阿良，出來見見客人呀！」

一個瘦小黑膚的青年從裡面走出來。

「阿良，這是我們的新夥伴唐伯寧，X大外文系的畢業生，英文呱呱叫，以後，我們跟老美打交道時就全靠他了。唐伯寧，這是我的合夥人林志良。」

唐伯寧伸手要和林志良相握，林志良卻尷尬地把手縮到身後。「我正在洗刷一部舊的排油機，手髒的很。」

「唐伯寧，你甚麼時候可以開始？明天好嗎？」

「可以是可以，」唐伯寶沉吟著。「不過，我家離這裡太遠，你有地方給我睡嗎？」為了不願家人知道他接受這份比導遊更低微的工作，他希望能夠暫時離家。

「太抱歉了，唐伯寧，後面的兩間房間，一間我和阿良睡，一間用來堆貨，沒辦法睡人。不過，你可以在這裡吃飯，我們供應三餐。」

「好吧！那我自已想辦法。」唐伯寧現在已經不像剛才那麼帶勁了，「我走了，明天再來。再見！」他向李金寶和林志良揮揮手，走出那間帶著一股霉氣的店鋪。

回到城裡，他的第一個衝動就是要把今天的奇遇告訴冰店的女孩，雖然這並不是甚麼好運；但是，能免於失業之苦，已經很不錯了。這都是她為他帶來的，她的一飯之恩，同時也使他轉運。

帶著難得一見的笑容走進冰店，阿雪錯愕地站起來迎接他，下午三四點的時間，冰店的生意最清淡，還是只有她一個人。

「老闆還沒有回來哩！」阿雪以為他是來探問消息的，所以，臉上帶著點歉疚的表情。

「阿雪，不用問了。告訴你，我已經找到工作。」他坐下來，因為走得太快而微微喘著氣。「請你開一瓶大的可樂，你也喝一杯。」

「真的嗎？為甚麼這樣快？」阿雪為他開了一瓶小瓶的可樂。「你自己喝吧！我不渴。」

他也沒有勉強她，自己骨碌骨碌的喝了兩口，用手背揩揩嘴，便把剛才的經過一五一十地告訴她，末了又說：「你甚麼時候下班？我要請你到外面吃一頓飯！慶祝慶祝。」

「真的嗎？」她的眼睛一亮，展開一個愉悅的笑容，露出一口像珍珠似的牙齒。「恭喜你啊！不過，還是我請你吧！我七點下班。」

「那我七點正在轉角的地方等你。」他把一瓶可樂喝光，付了錢，沒有跟她爭論誰請誰，就走開了。

現在，距離七時還有三個多鐘頭，他決心利用這段時間去找住宿的地方。到天母去上班，離家太遠，不但車錢吃不消，在時間上也太浪費。而且，他也不願意家裡的人將來發現他幹的竟是這種低下的工作，所以，他希望能夠搬出來住。當然，他也並不是要永遠幹下去。他只要騎著驢子看唱本，走著瞧，暫時解決生活問題罷！

他知道，天母他是住不起的；而這裡，正是他家和天母之間的中間點，他要是能夠在這附近找到一間小房子——哪怕是一張床位、一個窩，就可以縮短一半路程。

他在每一根電燈柱、每一面牆壁上面所貼著的紅紙堆中搜索，正如他每天在報上的人事小廣告中搜索著一樣。然而，結果也像他找工作一樣，毫無所獲。三個多鐘頭下來，他跑得汗流浹背，雙腳發脹，他所看過的出租的房間起碼有五六間，他覺得每一間都不錯，只是他付不出那一律一千元以上的房租，有些還要一萬元押金。

七時不到，他就站在距離冰店十來丈的馬路轉角處。七時正，他看見阿雪踏著輕快的步伐向他走來。她還是穿著做工時那件橘紅底起白花的迷你洋裝，這顏色和她略黑的皮膚很相配。現在的她，和當女侍的她沒有甚麼不同，不同的只是她眼裡閃耀著喜悅的光彩，還有腮邊一抹嬌羞，和興奮的嫣紅。她完全沒有化妝，也不懂得造作，這使她顯得比他所有的女同學以及所認識的女孩都可愛。

「阿雪，你喜歡吃甚麼？」他迎向她，用十分溫柔的聲調說。

「隨便吧！啊！不，讓我請你去吃臺灣點心，你喜歡吃蚵仔煎或者肉粽嘛？」她像個孩子般叫著。

「不，阿雪，你聽我說。為了慶祝我的找到工作，一定得我請你才行。何況，你中午已請過我？這樣吧！你不說，我來作主好了。我們去吃客飯。我學校附近有一家很便宜的，我帶你去。」

他領著她走向他從前的地方。現在，他不怕遇到熟人了，因為學校也沒有幾個認得他的人。才不過兩年多的光景，變化竟是如此的大，誰想得到，他居然從一個無憂無慮的大學生，而淪為一個潦倒的失業者呢？啊！不要去想它了，說不定和李金寶做生意會搞出一點名堂來的。

走進那家小小而十分整潔的食堂，幾副座頭，早已坐滿了他母校的學生。看著他們歡樂的神色，他忽然覺得自己已經很老。

「我們等一下好不好？」他問她。

他們站在一副座頭旁邊。一對男女學生正對坐在那裡吃麵，男的快吃完了，女的碗中還剩有很多麵條和幾塊牛肉。

「我吃不下，這些給你。」女的說著，就夾了幾塊牛肉和幾箸的麵條放到男的碗裡。

「你已經夠苗條了，還想練仙不成？」男的說著，同時，也對著唐伯寧和阿雪笑。

「你快點吃嘛！好讓座給別人。」女的催促著。於是，在兩分鐘之內，男的便呼嚕呼嚕地把那碗麵吃完，兩人站起身來，手拉手的離去。唐伯寧望著他們的背影，心中嘆著氣，巴不得時光倒流幾年。

他要了兩客客飯；一盤榨菜炒肉絲、一盤紅燒吳郭魚、一碗番茄蛋湯。想不到，這簡單的飯菜，竟使得阿雪十分滿意。她雖然吃得十分拘謹，但卻一面吃一面讚美。在吃飯的時候。她絮絮地問他那份新工作的情形，他儘量地告訴她，順便又問：「我想找個地方住，你知道這附近有沒有便宜的房間出租嗎？」

「好巧！我住的地方，昨天剛好有一個人搬走，空出了一個房間，不曉得今天會不會已經租出去？」阿雪像個孩子似的叫了起來；可是，說到最後一句，又露出了擔憂的表情。「你現在有空嗎？要不要就去看看？」

「當然有空，今天晚上我的時間都是妳的呀！」他笑嘻嘻地說。好久好久，他都已笑不出來了。

她低著頭，臉紅紅的，她有點誤會了他的意思；但是他卻都沒有察覺出來。

吃完了那頓簡單的客飯。她領著他，走進不太遠的一條陋巷內。從前，他在這附近幾乎天天來往，但是，卻從來沒有注意到大馬路旁邊居然會有這樣的陋巷，更想像不出，在這個年頭，這條巷子內居然還有這麼多破舊的房子。這些都是日據時代遺留下來的木造平房，面積不算小，不過，從外面看，那些魚鱗板壁都已被歲月燻成黃黑色。而且有些已經剝落。這時，每家的門口都坐著三三兩兩納涼的人。赤著身體的小孩子在巷子裡互相追逐；衣衫串成的萬國旗在行人的頭上飄揚著。他忽然覺得：這多像他小時候所見到的情景呀！想不到過了十幾二十年，臺北市的某些角落還保留著這種現象。

走到巷子中段，阿雪停下步來說：「喏！我就住在這裡。」

這是巷子中比較大也比較舊的一間木屋。門口坐著幾個歐巴桑模樣的女人，都在用好奇的眼光打量著唐伯寧。

「歐巴桑，這位先生要來看房間。」阿雪對其中一個身軀龐大的女人說。

「他要租房間？他是你甚麼人？他會不會講臺語？」胖女人並沒有馬上站起來，只是加緊地死盯著他。

雖然唐伯寧並不會講臺語；雖然他很討厭這個胖女人；雖然木屋裡的房間簡陋而狹小得驚人，但是，他終於租了下來。因為那間有一張舊木床、一張小桌子，一張小板凳面積只有一丈見方的小房間，租金出奇的便宜——一個月五百元，而且又不需要押租。

當下，他向阿雪借了五十元作定金，交給了胖女人，便去參觀阿雪的香閨。這間木屋一共隔了六間這樣大小的房間出租，胖女人一家則住在後面兩間大房間裡。這六間小房間的房客都是女工或店員，阿雪的房間就在他隔壁。她的房間也跟他的一樣簡陋；不過，在女性慧心的佈置下，有塑膠花，有塑膠桌布，有繡花的枕套，有印花的床單，木板壁上還貼有明星照片，雖則她的興趣極其低俗，看來卻有家的溫暖。

「你的房間佈置得好漂亮！」他微笑著說。

「哪裡啊？」她的臉因為高興而脹紅。「請坐呀」她指著那張唯一的凳子。

她倒了一杯開水給他，又從一個塑膠盒子裡倒出幾顆糖果放在他掌中。他因為工作和住的地方都有了著落（那是甚麼工作和住所啊？）心裡高興，也就有了開玩笑的心情：「小姐請吃糖，可真不得了？」他剝了一顆放進嘴裡。

她眼睛閃亮，雙頰更紅。

那天晚上，他很遲才回到家裡，父母都已入睡了。第二天清早，他輕描淡寫地對他們說換了工作，新的工作地點供給膳宿，所以他要搬出去住。他的父親收入有限，兒女眾多，早已感到不勝負擔。伯寧畢業後，一直沒能減輕父親的重擔，而且又很少在家，凡事不跟父母商量，老頭兒心中早已不滿。現在，這個「沒出息」的兒子既然要搬出去，起碼家中也可減少一個人，也就沒有多加盤問。伯寧告訴他是幫忙朋友做外國人的生意，聽來似乎還不錯，只希望兒子將來賺美金時不要忘記父母才好。

唐伯寧收拾他簡單的衣物，再加上一大箱中英文的書籍，雇了一部計程車，直奔他的新居。打開房門。出其意外的，房間已洗刷乾乾淨淨，一塵不染。他想：胖女人雖然面目可憎，對待房客倒還不錯啊！他正在解開簡單的行李時，胖女人走到他房門口，靠在門框上，裂開鑲滿金牙的大嘴對他說：「阿雪這個孩子真是太好了，今天一早就起來替你洗窗門洗板床，刷地，累得滿頭大汗的去上班。唐先生呀！你要是娶了她才夠福氣哩！嘻嘻！」

唐伯寧沒有理她，心裡卻是一陣感動。阿雪，阿雪，你做了我的漂母還不夠，你叫我怎樣報答你的恩情呀？

下午，他到李金寶的店裡去報到。李金寶和林志良熱誠地接待他，三個人站著聊了一陣，李金寶露出一個尷尬的笑容說：「唐伯寧，我這間店鋪簡直亂得不成樣子。我和老林都是粗人，倒無所謂。不過，你來了，我好歹得騰出一塊地方給你坐。老林，我們現在就來動手吧！」

李金寶這樣一說，唐伯寧當然不好意思袖手旁觀，於是，他也捲起袖子，跟他們一起就當起苦力來。勞動一整個下午，店面看起來果然整齊得多，而且也挪出了一張小方桌來給唐伯寧「辦公」，給大家吃飯；幾把奮椅子給他們在休息時坐下來。

一整個下午都沒有顧客上門，唐伯寧想那大概是由於他們在「大掃除」的關係。

六點正，附近的小飯館送來三客粗陋的飯菜。三個人圍著小方桌，風捲殘雲似的吃了，唐伯寧站起來，用手帕擦著嘴說：「我回去了。」

「唐伯寧，明天早上來吃豆漿，我們這裡的燒餅還做得不錯。」李金寶說。他沒有問唐伯寧住的問題，唐伯寧也懶得告訴他。

回到他那間小小的房間裡，唐伯寧覺得很累很累，他連鞋子也沒脫，就躺在床上。也不知睡了多久，忽然鼻管裡鑽進一股甜香，他睜開眼睛一著，一個笑盈盈的女孩子正雙手捧著一盤西瓜，站在他的床前。

「阿雪，你甚麼時候回來的？現在幾點了？」他揉著眼睛跳起來。

「七點零八分，我剛剛下班。」她把盤子放在小桌子上。「來，趁涼吃。」

西瓜已經切成小塊，上面還插上一把小叉子。

「為甚麼？你特地買回來的？你自己的呢？」從來不曾有人對他這樣服侍周到過，他覺得自己像個王子。

「我從冰店裡帶回來的，老闆沒有要我的錢。你快點吃呀！」她笑得很甜，巧克力色的臉頰泛著熟透的蘋果的紅色。

他請她坐在唯一的椅子上，自己坐在床上，一口一口的吃著西瓜。西瓜冰涼冰涼。也很甜，甜得和阿雪的笑靨一樣。他忽然想起了甚麼：「阿雪，真太謝謝你了，你替我打掃了房間。」

「你怎麼知道的？」她偏著頭，做出撒嬌的樣子。

「我當然知道。阿雪，房間裡很悶熱，我請你去看電影好不好？」

「不好，那太花錢了。」她拼命搖著頭。

他算一算口袋中的存款，除了還阿雪五十元以及付了房租以外，剩下還不到一百元。這漫長的一個月，雖然有吃有住，但是也得留點車錢和零用呀！於是，他說：「那就等我拿到薪水再請你吧！」

「發了薪水也不要請，你自己留著，買一雙鞋子吧！」她望著他腳上那雙鞋面起了皺，鞋底也快磨穿的舊皮鞋，臉上的表情就是他家裡的親人。

「到時再說吧！你有沒有事——我們出去走走好不好？」

房間實在太悶熱，他感到一刻也待不住。從此以後，他天天和阿雪出去散步。他們沿著行人道毫無目的地逛著，他們彼此把日間在店裡的遭遇告訴對方，有時也講講兒時的趣事。偶然，他或她也會掏出幾塊錢，買兩杯冰水，買一包落花生，來一次廉價的享受。當然，他也覺得，跟一個只有鄉村的國中程度的女孩子談話，多少有點話不投機。有很多名詞她聽不懂，有很多事情她不了解。但是，他跟誰談話呢？家裡他不想回去，就是回去了，也不想把自己的落魄與種種不痛快告訴家人，以免增加他們的煩惱。跟李金寶或者林志良談嗎？這兩個臺北的初中畢業生的程度也不見得比阿雪高明，而且，他在店裡，整天忙著幫他們整理貨物；陪李金寶到那些離臺的外國人家裡去洽購剩下的東西，也沒有時間和適當的心情聊天。最重要的是，他不認為他們是談話的對象。而現在，阿雪是他唯一可以傾吐的人。更何況，阿雪對他是那麼溫柔體貼。自從他搬到她那裡之後，她就堅持每天替他收拾房間、洗他換出來的衣服。

每一個晴朗的黃昏，他們併肩出去散步。遇到下雨天，她就會熬一鍋甜甜的綠豆湯，請他到她的房間裡吃宵夜。有時，他想看書，她也不打擾他，只是默默地坐在他旁邊替他縫鈕扣、補脫了線的衣服，或者為自己縫製洋裝。

十月底的有一天，來了一次中度颱風，風不大，但卻豪雨不止。他在店裡吃過中飯，就回到房間裡蒙頭大睡。阿雪也提早下班。她買了一包滷味和一瓶紅露酒，在房間裡面小電鍋燒了兩個人的飯，又到公用廚房裡燒了一個湯，炒了一碟菜，然後把唐伯寧叫了起來。

外面下著傾盆大雨，由於颱風的來臨而顯得有點秋意。木屋裡面，所有窗戶都關得緊緊的，每人都躲在自己的房間裡，享受家或者窩的溫暖。他坐在阿雪房間裡唯一的椅子上，阿雪坐在床口，兩人膝蓋碰膝蓋的在對酌。阿雪炒的菜比店裡包的飯好吃得多，買回來的豬頭肉和鷄腸的味道也很不錯。他本來對酒並無興趣，但是，此情此景，他也就不自禁地喝了兩杯。在酒精的燃燒下，他看見阿雪巧克力色的臉和白牙，就像是高更筆下大溪地的土女。當她輕輕一笑時，雙眼彎成新月形，小小的鼻子微微皺起，他就覺得那些大溪地土女都變成醜婦。

他吃完了一碗飯，阿雪馬上替他再盛一碗，又夾了兩片最大的豬頭肉給他。他瞇著眼睛望著她說：「阿雪，你為甚麼要對我這樣好？」

巧克力色的臉染上了一層胭脂，阿雪嬌羞地低著頭。他托起她的下顎，從來不曾接近過女性的他，忽然有著想吻她的衝動。他站起來，坐到她的床邊去。就在這個時候，一聲響雷，電燈突然熄滅了，在萬馬奔騰般的雨聲中，大地變成一片黑暗。阿雪驚叫了一聲，本能地倒進他的懷裡。

已不知過了多久，他忽然驚醒過來。他張開眼睛，看見了小窗外面灰色的天空，風雨已經停息了，小桌上狼藉的杯盤和殘肴已經收拾好，身旁的阿雪也已不在。木屋裡靜悄悄的，似乎大家都已出去。就著幽暗的光線看了看手錶，天啊！差五分就九點了，今天李金寶一定會打他官腔的。那天他去晚了一點，那傢伙就囉嗦個沒完，真是活見鬼！

他聞到枕上阿雪的髮香，臉孔立刻感到發燙。怎會發生了這樣的事情的？我唐伯寧怎會做出這種事？怎麼辦？怎麼辦？今後我怎會有臉再見阿雪？他心裡一面嘀咕著，一面急忙忙披衣起床。因為，他雖然討厭李金寶，這碗飯也不能不暫時保住呀！

穿好衣服，輕輕推開一點點房門，看清通道上沒有人，他這才像做小偷一樣的溜回自己房間裡，梳洗舒齊，到店裡去上班。今天，他遲到了一個鐘頭，李金寶沒有說甚麼，臉色卻有點陰沉。他對這份工作本來就沒有興趣，現在就更加感到一刻也呆不住。他在心裡盤算著，只要有任何機會，哪怕只比這裡多十塊錢（他從來沒好意思問李金寶，根本不知道自己的薪水有多少），他就要跳槽而去。

下了班以後，他因為不敢回去見阿雪，就在外面到處瞎逛，而且又看了一場末場的廉價電影，拖到靠近午夜才回到住處。他想，阿雪一定睡著了，那麼，他就可以免去面對她時的難堪。

木屋裡面的人都已熄燈入睡，只有他房間裡的燈還亮著，他想也許是自己出門時忘記關燈，木屋裡光線不好，每天都得開電燈的。他輕輕推開房門，床上赫然躺著阿雪，穿著衣服，沒有蓋被，臉上佈滿淚痕，顯然是哭倦睡去的樣子。

她睡在我床上幹甚麼？他皺著眉頭望著她微張著嘴、並不怎麼美麗的睡姿。他也累了，急著躺下來；但是，她佔住了他的床。

「阿雪，起來！」他輕輕地推了她的肩膀，低聲地叫著。

叫了兩三聲，推了好幾下，阿雪才揉著眼睛醒過來。一看見他，她就跳起來摟著他，一迭聲地說：「啊！我以為你不回來不要我了！」

他怕別人聽見，用手掩住她的嘴，她卻嚶嚶地哭泣了起來。

「噓！」他一急起床，把她推回床上，想用毛巾被把她的頭蒙起來。但是，她摟著他不放，以至他也一起跌到床上，在靜夜裡，木板床發出了很大的響聲，嚇得他也緊緊抱著她，一起用毛巾被把頭蒙住。這次「不幸的意外」，使得他又失足了一次。

從此以後，他和阿雪的關係便公開化起來。其實他們過去除了不在一起睡覺以外，兩人的關係也早已親密如夫婦。阿雪每天替他收拾房間、洗衣服、補衣服，晚上兩人一起外出散步，或者躲在房間內，一個讀書，一個縫紉。他們互相倚賴，互相慰藉，頗有相依為命之慨。

女房東也常常取笑阿雪，問她甚麼時候請喝喜酒。當大家都知道他們是一對戀人以後，他們就不再避人耳目。為了節省開支，他乾脆退掉了他自己的房間，搬到阿雪的間房裡。

唐伯寧在李金寶的店裡做滿了一個月，李金寶既沒有給他薪水，而且連提都沒有提。他有點沉不住氣，在私下裡問林志良：「喂！老林，李金寶怎麼還不給我薪水呢？我已經幹了一個月零一天了呀！」

「啊？也許他忘了。我替你提醒他吧！」

「老林，你一個月拿多少錢？」

「我嗎？嘿嘿！我是沒有薪水的，我跟李金寶都是看賺多少而對分。」

「啊！你看，他會給我多少呢？」

「你不知道他會給多少？難道你們事前沒有談好？」林志良兩隻三角形的眼睛驚奇地在唐伯寧那張瘦臉上睜得大大的。

是呵！誰叫唐伯寧事先不跟李金寶講好呢？第二天，大概是林志良提醒了他的緣故，李金寶拿了個薄薄的信封塞在唐伯寧手上，訕訕地說：「唐伯寧，你說我多糊塗，居然忘了給你薪水，對不起啊！數目不多，不過，我們供應三餐，也就不比公務員差到哪裡去了。將來，等我們生意做大了，老唐，就是用汽車來接送你上班我也做得到的。」

也許是由於讀書人的氣質太深厚之故，唐伯寧又不好意思在李金寶面前打開那個信封來點數。他明明知道數目很小，卻只好把它收進口袋裡。他計劃晚上要帶阿雪出去樂一樂。好好吃一頓小館，看一場首輪電影，還要買一件洋裝送給阿雪。

下班以後，他先到冰店找阿雪，叫她不要在店裡吃飯，提早半個鐘頭出來。然後，他回到木屋裡等她。當他把那疊薄薄的鈔票拿出來點數時，一顆心都涼了。天呀！只有一千五百元，去當女傭或店員都比這個數目多嘛（阿雪也有二千元）！我堂堂一個大學畢業生居然只拿這麼一點點，李金寶不是太欺負人？

阿雪興高采烈，蹦蹦跳跳地從冰店趕回來，卻看見唐伯寧鐵青著臉坐在床上。她嚇了一跳，也挨過去坐下，摟著他的臂膀說：「我只不過晚回來了五分鐘，你就生氣了？客人多，老闆一個人忙不過來嘛！」

唐伯寧把她推開，對著她望了一會兒，厲聲喝道：「你是不是瘋了？把一張臉塗成這樣又紅又綠的，像個鬼一樣。還不趕快去洗乾淨？」

阿雪嚇得站了起來。「是——是老闆娘叫我打扮打扮。我以為你要帶我出去——」她用雙手掩住臉，眼淚從指縫中流出來，混和著眼線的黑、胭脂的紅和面粉的白，變成了彩色的液體。

「少囉嗦！趕快去洗臉。你以後再塗成這副妖精樣子，看我揍不揍你？」唐伯寧兇兇地瞪著她，聲音愈來愈大。

他從來不曾對阿雪疾言厲色過，這一下可把阿雪嚇得渾身發抖。她用雙手掩面，到後院的公用水龍頭去洗臉。她一面洗一面哭，也不知是用水還是用眼淚來洗的。她這個臉一洗便洗了個半個鐘頭，因為她不敢回房間去。有些同屋子的人來用水，都取笑她說：「阿雪，自來水不要錢的呀？當心歐巴桑不高興啊！」

唐伯寧在房間裡等了半天，沒看見阿雪回來，心裡有點後悔，怕她做出了傻事，就到後面去看，發現她還彎著腰在洗臉，更是於心不忍。於是，他輕輕地拍了拍她的肩頭，柔聲地說：「阿雪，你還沒有洗完？我肚皮都餓扁了，我等著你出去吃飯啊！」

阿雪抬起了水淋淋的臉，偷偷望了唐伯寧一眼，看見他臉色霽和，才放了心，就怯怯地說：「我馬上就來。」

回到房間裡，阿雪還一直低著頭，不敢說話。剛才挨了罵，她現在不敢打扮了，挑了一件素淨的衣服穿上，臉上甚麼也沒有抹。唐伯寧望著她說：「這樣才漂亮，這樣才是我的阿雪嘛！」

阿雪嬌羞地低頭一笑。唐伯寧便拉著她的手，兩人一起出去吃小館子。在吃飯的時候，他向她道了歉。並且把自己情緒惡劣的原因說了出來。

阿雪聽了，憤怒得把嘴唇噘得高高的。「你乾脆不要去算了。堂堂一個大學畢業生竟拿這樣一點點錢，李金寶太欺負人了，我看，你從明天起真的不要去算了，我賺的錢還勉強夠兩個人吃飯。我不相信你找不到別的工作。」她毫不考慮的就這樣說。

「阿雪，你要養我？我還不是你的丈夫呢！」他忽地跟她開起玩笑來。

「人家是真心的，你卻取笑我。」阿雪不高興了。

「真的，我是一個堂堂男子，怎能要你養活呢？這樣吧！我明天真的不去了；這口氣實在嚥不下去。」他把那個薄薄的信封從口袋裡抽出。「這裡是五百塊錢，我交給你，算是伙食費。明天我要拿五百塊去交給我媽媽，我也好久沒有回家了。剩下的五百塊留作零用，我還不知道甚麼時候才能找到新的工作哩！」

「不，你不用給我伙食費。等你將來賺大錢才一起還我好了。你現在先留著用。」阿雪把他給的五百元塞回他的口袋裡。

「那麼，我現在多了五百元，買一件衣服送給你怎樣？」

「不要，我的衣服已經很多了，你不要買給我。」

那個晚上，阿雪還拒絕了他的請看電影。兩個人就像往常那樣，在街上逛到累了就回去。舊貨店那份工作使他勞累了一個月，等拿到薪水，他竟然無法享受一次廉價的娛樂。

第二天，他如常的出門去，但是他不是去李金寶的店裡去而是回家。家裡冷清清的只有母親一個人在掃地，父親和弟妹都上班、上學去了。母親看見了一個月沒有回家的兒子，驚喜得聲音都發抖。「阿寧，你怎麼這麼久都不回來？我們都擔心死了。我們不知道你辦公的地方在哪裡，又沒辦法去找你。看你，瘦成這個樣子，眼睛都凹下去了，很忙吧？」

母親拉著他的手，一面端詳著他，一面絮絮不休地問長問短，這使得他又煩又難過，後悔不該在這個時候回來。他躲躲閃閃、含糊其辭地應付著母親的盤問，一面從口袋裡掏出一千塊錢交給他母親。

「媽，我們不會做生意，從今天起散夥了。這是我僅僅賺到的一點錢，給爸媽和弟弟妹妹們買點東西。」

自從唐伯寧畢業以後，就不曾為家裡盡過任何力量，他的父母難免對他有點失望。現在，他第一次獻出他的工作所得，母親也就十分高興。

「那麼，你自己呢？你有得用嗎？」母親問。

「我自己還有一點。」不錯，他身上還有四百多塊。

「阿寧，那你可以搬回來住了吧？」母親又問。

「我暫時還不想搬回來，我住在朋友家裡，找工作方便些。」他發現他以前跟弟弟一起睡的那張雙層床的上舖已堆滿雜物，房間裡也亂七八糟的，假使他真的回來住，恐怕都擠不下了。

母親叫他留下來吃午飯，還特地做了他愛吃的糖醋魚。在吃飯的時候，母親有一搭沒一搭地向他訴說爸爸的風濕病又發作了；大弟愈來愈不用功；小妹前一陣子感冒發燒，病了好幾天；房東通知他們，下個月租約期滿以後要增加租金五百元。都不是好消息，他聽了怪難受的，但是他無能為力，所以只好默不作聲。母親又告訴他：他的一個表哥申請到了加大的獎學金，一個月前已去了美國。鄰居陳伯伯的一個兒子交了個不三不四的女孩子，跟家裡鬧得很不愉快，陳伯伯幾乎都要把這個兒子趕出去了。

他嗯嗯啊啊地聽著，愈聽愈煩，一頓飯幾乎沒有開過口。飯後，母親叫他等他的爸爸和弟妹們回來見了面再去，他沒有答應，像逃避甚麼似的，馬上走了出來。走在路上時，他在心裡責罵自己，到底見了甚麼鬼，對父母和弟妹怎麼都變得沒有感情了？然後他又自己開解：我還是很愛他們的，只是現在心裡太煩而已。

他像個游魂似的在路上晃來晃去，又恢復了一個月前的生活。所不同的是，那個時候他是飢餓的，而他現在卻是三餐不愁而且有了愛情。想到這裡，他忽然憶起了母親的話：陳伯伯的兒子交了個不三不四的女孩子，幾乎和家裡鬧翻了。阿雪算是不三不四的女孩子嗎？假使我把她帶回家去，他們會喜歡她嗎？真是的，我想到哪裡去了？阿雪不是個不三不四的女孩，而我也無意和她結婚或者帶到家裡去，所以，這一切考慮，都是多餘的。

現在已經三點多鐘，他不想再去找工作。辛苦了一個月，他要給自己放假一天，休息一下。於是，他回到木屋裡，往床上一倒，蒙頭大睡，一直睡到阿雪回來弄好了飯，才把他叫起來。

第二天是個下雨天，他沒有雨傘，也沒有雨衣。阿雪叫他不要出去，等天晴再說。於是，他也樂得悠閒一天。他整日躺在床上，把幾本久違了的心愛的書通通放在枕邊，一本本隨意的翻閱著，累了便睡，醒過來又看。

這樣過了兩三天，他完全不像以前那樣急於找工作。天晴以後，他也只是懶洋洋在街上閒蕩。而且，他自己還做了這樣的規定：低薪不幹，低職不幹，興趣不合也不幹。於是，又蹉跎了半個月。阿雪從來不問他找到工作了沒有。儘管他現在已不再主動邀她出去散步，不請她看電影或吃小館子；但是，她反而加倍溫柔地對待他。她天天勸他不必太急於找工作，要嘛！一定要合理想的才接受。

雖然如此，唐伯寧每天卻不忘細閱報上的每一欄人事廣告。阿雪每天給他買一份回來，他自己也到各報館的貼報牌上去看。因為，看報變成了他唯一的享受，也變成了他一切希望寄託的目標。

有一天，他在密密麻麻的人事廣告欄中忽然眼睛一亮：「徵聘翻譯人員——大專畢男性，精通英語，役畢」，完全合了他的條件，而英語正是他的專長。他沒有告訴阿雪，興沖沖的立刻寫信去應徵。五天之後回信叫他去面試，原來是一家規模很大的觀光旅館，他的工作是站在櫃臺後面接待外賓。這原是他之所長，口試也通過了。職雖不高，但待遇卻很好，他決定接受。最重要的是，旅館供住，他可以和另外一個譯員合住一間房間。一想到他馬上可以脫離阿雪那間狹小、狹隘，暗無天日的木板房而住到觀光旅館裡，他就快樂得想大叫大笑。

接到正式通知以後，他大大方方地向阿雪借一千塊錢，而不肯先說出用途。阿雪說她沒有這麼多的錢，他叫她向老闆先借，一個月後他就可以歸還。阿雪看見他說話時眉飛色舞的，知道他一定是找到了工作，就沒有多問，下班時果然帶了一千元回來。

他把她帶到一家頗為考究的餐廳去，豪華地點了一些名貴的菜，還叫了一瓶啤酒。他為自己和阿雪各倒了一杯，然後舉起杯子對她說：「阿雪，我找到工作了。」

「我知道，我看得出。是在哪裡呢？」

「玫瑰大飯店。你聽見過沒有？是這裡一流的觀光飯店啊！阿雪，你對我這樣好，我將來會報答你的。」他兩口三口就把杯中的酒喝盡。

「還說這個做甚麼？我的還不就是你的？」

「我向你借錢，是想去買一件比較像樣的衣服。阿雪，等一會兒你陪我去，還要買一隻新皮箱，我不能這樣寒酸的去報到呀！」

「買皮箱？去報到為甚麼要皮箱呢？」

「他們還供住，明天我就要搬出去。阿雪，你以後不必替我洗衣服和做飯啦！」

「你要搬出去？那麼我呢？」阿雪微黑的臉忽然變得慘白，雙眼也露出了恐懼的表情。

「你？你當然還住在這裡，我以後還會來看你的嘛！」他對她臉上表情的變化沒有在意，他想她大概是捨不得他。

「我——我——」她望著他，好像要哭的樣子。

「阿雪，我一定會常常來看你的。吃菜呀！吃完了我們好去買東西。」他舀了一湯匙炒蝦仁放在她的碗裡。

她沒有說話，眼淚卻撲簌地流了下來。

「阿雪，你怎麼搞的？存心要在這裡出醜是不是？你再這樣，我可要把你一個人丟在這裡了。」他心裡老大不高興，便沉著臉對她說。

她畏怯地望了他一眼，用手帕悄悄擦乾了眼淚。

在買衣服和皮箱的時間內，阿雪都沒有再說話，只像隻溫順的小狗般默默地跟著他。他也沒有理她，只顧自己挑選。他的全副心神，都已專注在那份未來的工作上了。

晚上上了床以後，阿雪忽地在他的耳邊輕輕地叫喚：「伯寧，我們甚麼時候結——婚？」她的聲音溫柔而顫抖，像是風中一縷遊絲。「伯寧」兩個字還是她第一次這樣他，過去，她一直是用「你」來代表的。

他本來是背著她睡，此刻，卻兇猛地翻過身來，由於用力過大，薄薄的床板便發生了很大的響聲。他坐了起來，握住她的雙肩，拼命地搖撼。「你說甚麼？」

「我說，我說，你會跟我結婚吧？」像隻受傷的小鳥在他的掌握下震慄著，她連看都不敢看他一眼。

「見鬼！我甚麼時候說過要跟你結婚？」他放開了她，輕蔑地說。

「我——我有孩子了。」她的聲音仍是細遊絲，但是，這句話卻像是有毒的蜘蛛絲，它一碰到他的聽覺，就足以使他震動得跳起來。

「你騙我！」他厲聲地說。一雙凌厲的目光在她臉上搜索著，好像要找出她說謊的證據。

「沒有，我不會騙你，那是真的。」她瑟縮在那張薄薄的毛巾被下。雖然是秋老虎肆虐的夜晚，卻感到冷澈心脾。

「誰叫你不小心？我不是警告過你了嗎？」他緊緊地捏著拳頭，恨不得一拳打下去。但是他不能，這個在他身邊哭哭啼啼的小可憐，幾乎可以說是他的恩人呀！

「我怎麼辦嘛？伯寧，你答應我呀！我求求你！」她傷心地哭著，用手緊緊地摟著唐伯寧的腰。

「別哭了，人家都聽見啦！」他嫌惡地拉開她的手。「這樣吧！你明天再去跟老闆借一千塊錢，明天晚上我帶你去找醫生打掉它。這筆錢我領到薪水就還你。」說完了，他躺下去，閉起眼睛就想睡覺。

「不要唐伯寧，你和我結婚吧！我會做個好妻子，好好地服侍你的。」阿雪坐了起來，用手扳著他的肩膀，把半個身體伏在他的背上。

他一下就把她摔開；然後氣虎虎地坐起來指著她說：「你不要再胡鬧了，也不照照鏡子，你是甚麼貨色，我會跟你結婚？我們住在一起，是你心甘情願的，我又沒有強迫你，你死纏白賴做甚麼？告訴你，你要是乖乖的不吵不鬧，我會負責替你把問題解決；要是你不識相，我以後就不再理你了，你聽清楚了沒有？」

說完了，他又躺下去，把毛巾被蒙住頭，開始睡覺。在朦朧中，他聽見阿雪在低低的啜泣。

第二天唐伯寧起來的時候，意外地發現阿雪還沒去上班。她仰臥在床上，雙眼直直地瞪著天花板。她的眼皮又紅又腫的，這使得她的眼睛顯得更小。

「你為甚麼還不去上班？」他問。

「我不舒服，想請一天假。等一下你替我去跟老闆講一聲好嗎？」阿雪的一雙小眼睛從天花板上轉過來望著他。

「那你不去借錢了？」

「我不敢再向他借了，上一次他已經不太高興。」

「那麼，你只好等我拿到薪水再去找醫生了。」

他匆匆地在收拾他簡單的行李，阿雪的眼光一直緊緊地跟著他。到了他快要出門的時候，她這才又怯怯地開了口：「伯寧，你慢點走，多陪我一會兒好嗎？」

「這怎麼行？人家規定了報到的時間嘛！」他不耐煩地說。

「伯寧，其實你不用搬走嘛！假使你還住在這裡，那麼，我們不結婚也沒有關係。」她那雙小小的眼睛膽怯地望著他。

「你又來做夢了！」他轉過身去向著她大吼一聲。「你叫我放棄了觀光旅館的房間來住你這個狗窩？我要走了，沒時間跟你囉嗦！」說著，他提起他那新買的皮箱和那個裝滿書籍的旅行袋，就走了出去。

在門口，他遇到了胖胖的女房東。女房東朝他上下打量了一番，裂開鑲滿金牙的大嘴，笑著問：「唐先生要出門呀？」

他沒有理會她，提著行李走出巷口，招手叫了一部計程車，就直奔玫瑰大飯店。

人事管理員把他帶到二樓後部員工的房間去。房間很小，沒有他想像中的漂亮。不過，單人的彈簧床、柚木的小書桌、小沙發、壁櫥；牆上裱有壁紙，打臘的地板纖塵不染。對他而言，已是天堂。同房的也是剛考進來的大學畢業生，一下子兩個人便十分投契。這一天，他們忙碌得很，因為經理要向他們作職前訓練，他們必須把一切業務都熟悉了，才能應付這份工作。

在忙碌中，他根本忘了阿雪。下班吃過晚飯以後，他本想回去看看她；但是，一則怕她繼續歪纏，二則他覺得應該先回家去見見父母，他獲得了這份還算不錯的工作，也該讓他們知道。

於是，他還自回家去與父母和弟妹團聚了一個晚上。由於獲得新職，心情愉快，一家人都很開心。

他的職前訓練為期三天。第二天下班後新同事把他拉出去喝咖啡。到了第三天的晚上，他才想起應該回去看看阿雪。

當他走近那幢棲留了一個多月的破舊日式平房時，他就覺得有點不對勁。門口聚集了一堆人，正在指手劃腳地談論甚麼，有些人則在搖頭嘆息。女房東也站在這些人中間，遠遠望見唐伯寧，就大聲呼叫起來：「唐先生，你回來啦！唉！阿雪真可憐，出事了！」

唐伯寧一聽，三步併作兩步的飛奔上前，喘著氣問：「歐巴桑，出了甚麼事？」

「阿雪自殺啦！」

眾人默默地讓開一條路給像瘋了一樣衝進屋去的唐伯寧。

「唐先生，你進去也沒有用，警察局把房間封起來了。」女房東緊緊跟在他的後面。

在燈光昏暗的過道上，他看見兩條棉紙做成的封條在那扇他曾經推開又關上的門板上貼了一個大交叉。「阿雪她人呢？」他緊張地問。他想她也許被人送到醫院裡去了。

「死啦！唐先生，她到底是甚麼事情想不開呢？」

「她現在在哪裡？」忽然間，他的頭一陣發昏，腳底一陣發軟。他連忙用手扶著板壁，才沒有倒下去。

「唐先生，不要傷心啦！人都已經去了。你到我房間裡來坐坐吧！我還有東西交給你。」女房東對他顯出了從來不曾有過的客氣。

唐伯寧在驚慌、恐懼與難過的複雜心情中又加上害怕。他想：女房東一定是向他追收房錢了，他現在幾乎不名分文，而且還欠了阿雪的老闆一千元（他到底知道不知道阿雪是為他而借的呢），又哪來餘錢繳房錢？

不過，他必須弄清楚阿雪是怎樣死的？從他搬出去以前阿雪那種傷心的神色看來，她的自殺並非全無可能。這個傻女孩，她真是為他而死的嗎？阿雪生前，他從來不曾愛過她，最近，他甚至對她有點討厭；可是，此刻他卻感到無限內疚。

「唐先生，請坐呀！」女房東引他走進自己的房間裡，把堆在那張唯一的椅子上面的衣服拿到床上去。

唐伯寧不安地坐下，他從房門口仍然可以看得在大門外看熱鬧的人還沒散去。

女房東慎重地打開五斗櫥的抽屜，拿出一封信交給他。紙質粗劣的西式信封上歪歪斜斜地寫著「留交唐伯寧先生」幾個字，他認得那是阿雪的筆跡。信封封得好好的，顯然還沒有人打開過。

他急著想看信的內容，但是又不敢在女房東面前打開。他不知道她識不識字，也不知道信裡面的話是否可以讓她知道，就先把它放在口袋裡。

「歐巴桑，你說有東西給我，就是這封信嗎？」他試探地問。

「是呀！她還有一封信是給我的，警察已經拿走了。」女房東有點誤會他的意思。

「那封信是說甚麼的呢？」他猛然一驚，連聲音都變得顫抖起來。

「那倒沒有甚麼。我看不懂，你這封信也是我兒子交給我的。聽他們說，好像是說她的自殺，完全是私人的事，跟別人沒有關係。唉！唐先生，阿雪好好的為甚麼要自殺呢？你們兩個人在一起多麼快樂呀！」女房東壓低了聲音用眼角瞟著他，又說：「唐先生，不會是你不要她了吧？她為甚麼這樣巧剛好在你不在的時候自殺呢？」

「啊！怎麼會？怎麼會？我——我們很要好嘛！我也想不出她為甚麼要自殺？」他愈來愈慌張，額上不斷地滲出冷汗，很想立刻離去。但是，一則怕女房東生疑；二則想知道詳細的情形，便硬著頭皮問下去。「歐巴桑，阿雪是怎樣死的？」

「好可怕啊！不曉得她從哪裡弄來，一瓶農藥，灌了大半瓶下去。看她那個樣子，一定受了不少的苦。」

可憐的阿雪，你為甚麼要這樣做呢？他有著要嘔吐的感覺，心窩裡又似塞了一大堆甚麼東西，似乎快要窒息了。他想起了阿雪陪她去買衣服的那個晚上，當他在一家百貨公司等候女店員替他縫褲腳時，她曾經走開了幾分鐘，回來的時候手中好像拿著一包東西。不過，那時他正在生氣，並沒有問她買的是甚麼。農藥會是那個時候買的嗎？

「你們甚麼時候才發現的呢？」

「就在你走後那天的中午嘛！阿雪的老闆來找她，想問她為甚麼不去上班？敲了半天門都沒人應，房門又是反鎖，我們只好把門撞開了。」

該死！我居然不替她請假。不過，要是我替她請了假，恐怕就要等到第二天才發覺了。這樣說來，她大概是我走後不久就服毒的。忽地，他感到一陣天旋地轉的昏眩。

「後來呢？」他閉著眼睛問。

「當然是報警啦！啊！對了，唐先生，」女房東又把聲音壓低。「警察雖然沒有看到阿雪給你的這封信，我偷偷地把它藏起來。不過這裡面的人多事，他們已把你和阿雪住在一起的事告訴警察，警察要你回來後到派出所去一趟。假使你不想去，我想也沒有關係，你就當作我沒有告訴你就是。」女房東說完了，嘿嘿地低笑了兩聲。一雙小眼睛，不懷好意地在他的臉上和身上亂瞟著，也不知打的是甚麼主意。

唐伯寧感到既恐懼而又憤怒；但是，在表面上不得不裝出很鎮靜的樣子。他淡淡地說：「去也不要緊嘛！她的自殺跟我又沒有關係。」

「警察會問你很多的問題啊！譬如，他們問你，你們為甚麼住在一起？房租多少錢一個月？是誰付的房租？等等。」女房東露出了狡詐的表情。

哦！原來如此，這個陰險的女人想敲詐。他怒目看著女房東，咬牙切齒地問：「我們欠了你多少房租，說呀！」

「房租是小事。唐先生，你是個大學生，你難道還不明白我的意思？」女房東似笑非笑地在翻著一雙白眼。

唐伯寧在被耍之餘，原來恐懼和憤怒的情緒又加上了羞辱。當他正在考慮如何去應付這個局面時，女房東一句「你是個大學生」，忽然使他觸動靈機。對，我是一個大學生，難道鬥不過這個沒受過教育的老女人？於是，他裝傻到底。

「我真的不明白嘛！」他說。

「假使你真的不懂，那麼我就明白的說出來吧！你想塞住我的嘴，那麼你就要給我好處。」女房東翻著白眼，撇著嘴。一雙粗如兒腿的手臂，交叉在胸前。

「可是，我現在沒有錢。」他裝出一副可憐兮兮的樣子。「不過，歐巴桑，我已經找到一份很好的工作，明天就要上班，等我一拿到薪水，就來孝敬你好嗎？」

「鬼才相信！」

「你不相信也得相信。因為，要是我無辜地被關起來，你豈不是一點好處也沒有嗎？」

女房東想想也有道理，就問：「那你怎樣保證我以後可以找得到你呢？」

「那還不簡單？我把地址和電話號碼留給你就是。」說著，他向她要了紙筆，隨便編了一個地址和電話號碼寫在上面。「我以後會自動和你聯絡的。假使我不來，你可以來找我。我是那裡的英文秘書，待遇還不錯，你放心好了。現在，我可以走了吧？」

女房東拿著那張紙，狐疑地看著，她因為不識字，看不懂，也不知是真是假；所以，唐伯寧要走，也不便攔阻。

唐伯寧走到門口，排開圍觀的人群，頭也不回的，就急步離去。這時正是深秋時分，已微有涼意，他走到街上，發覺天空正飄著雨絲。剛才，在密不通風的木屋內，同時由於情緒緊張，但覺全身發熱。此刻，被晚風一吹，被冷雨一灑，卻又全身發冷。他把襯衫的領子豎起，幾乎是奔跑著走出那條巷子的。本來，他以為只要離開這個地方，他就可以擺脫跟阿雪有關的一切；想不到，他一走到巷口，無意中往馬路對過一望，那間小小的冰店赫然遙遙在望，於是，阿雪的影子又開始緊緊地跟隨著他。

冰店裡燈光通明，只有幾個顧客在低頭吃冰。在恍惚中，唐伯寧看見一個穿著橘紅色衣服的女孩子在那裡走動，遠看會點像阿雪。他不禁嚇得出了一身冷汗，趕緊掉頭就走。但是，他的耳邊卻不斷地響著阿雪那一句帶著濃重本省口音的國語：「先生，你今天要吃紅豆冰還是綠豆冰？」

他的手碰到口袋中阿雪的信，一顆心更砰砰砰的跳個不停。阿雪，我知道，你是為我而死的，我不敢請你饒恕；但是，我是無心的啊！

向著與冰店反向的地方急走去，他走進了一家小小的咖啡室。他要了一杯濃濃的熱咖啡，加了很多牛奶和糖，深深地喝了幾口，身上的寒意才漸漸消去，精神也稍稍安定下來。他用顫抖的手把阿雪的遺書拿出來，一個字一個字的細續：

伯寧：

這是我最後一次稱呼你，我要走了，帶著我們的孩子去了。伯寧，你不愛我，我不怪你，也不會恨你，誰叫我自己不自量呢？從前，我很羨慕街上成雙成對的青年男女，因為自己生得醜，以為將不會找到男朋友。做夢也想不到，居然遇到你這個大學生。伯寧，我知道自己沒有這麼大的福份的。所以，在你對我表示好感時，我就發誓，只要能夠得到你的愛，為你死也沒有關係。結果，你雖然並不愛我，但是我們已過了一個月美好的時光。我想，我也沒有白活一場。我死，是為了不想拖累你，同時，也不知道怎樣處理我和腹中的孩子，請你不必難過。永別了，伯寧，祝福你前途無量。

阿雪絕筆

長大後就不曾流過淚的他，此刻，淚水卻模糊了他的眼鏡，又由眼睛後面滴到咖啡杯裡。

阿雪，你這可憐的人，癡情的人，你為甚麼要這樣做啊？

咖啡杯裡現出一張阿雪的臉，黃黃的，顏色就和咖啡一樣。這張臉不斷擴大擴大，躍出杯子，充塞了整個空間，包圍著他，使得他又感到一陣天旋地轉。

他把信摺好，放回口袋裡。掏出手帕，摘下眼鏡，用力擦了幾下眼睛，就蹌蹌踉踉的走出了咖啡室。

不行，我今晚不能回玫瑰大飯店去睡，否則阿雪的影子一定整夜跟隨著我，一夜休想安息。還是回家去吧！哪怕睡地板，那到底是我的家啊！

他走上一部開往他家附近的公車。回到家裡，全家人都還沒睡，見了他都有點愕然。弟弟妹妹們圍攏來向他問長問短；他父親知道他獲了新職，對他也很客氣。母親默默地注視了他一會兒，用關懷的聲調問：「阿寧，你的臉色怎麼這樣蒼白？又好像有點氣喘的樣子，你不是生病吧？」

「沒有的事，大概是剛才跑路跑得太快的關係吧？媽，今天晚上我想在家裡睡，可以嗎？」他覺得快要昏倒了。

「當然可以，你的床還在呀！你太久沒有回家，今天晚上大家正好聊一聊。」母親開心地說。一面，立刻動手把放在他床上的雜物搬走，為他舖上乾淨的床單，換上乾淨的枕套。然後，到廚房去燒綠豆湯（天啊！又是綠豆湯），說是給他宵夜。

父親很關心詢問他的工作情形，他都照實一一稟告。弟弟妹妹包圍著他，不斷地問玫瑰大飯店的一切，而且要求他帶他們去玩一次。他敷衍著，漸漸覺得全身發冷，頭重腳輕。他打著哈欠說：「我累了，想早點睡，明天早上再談吧！」

母親從廚房裡趕出來說：「綠豆湯快好了，你不是很愛吃嗎？吃完了再睡吧！」

「媽，我真的很累，不能等了。你留一碗給我明天早上吃就是。」

他爬上雙層床的上舖。雖然這只是一張窄窄的木床，舖的也只是棉花的墊被；但是，他一躺上去便感到親切與舒適，這是他的家，這是他睡了好幾年的床啊！

他幾乎是頭一沾枕就睡著了的。半夜裡他因為口渴而醒過來，一時間，他竟不知道自己在何處。起初，他以為自己還是在木屋裡和阿雪睡在一起，後來想起，阿雪已經死了，他嚇得立刻用薄被把頭蒙起來。從來不怕鬼的他，此刻卻害怕得渾身發抖。後來，聽見了弟弟在下鋪所發出均勻的呼吸聲，他才意識到自己在家裡。他感到唇乾舌燥，很想起來喝水，可是他卻動彈不得。他感到肚子餓，立刻就想到阿雪那次的一飯之恩，還有她對他的種種好處。啊！阿雪，我對你不起，請你原諒我，請你不要害我呀！他在心裡呻吟著。

整夜裡，他的腦海就像是一部攝影機，不斷地把他和阿雪的往事翻來覆去。他一直都處於半睡半醒的狀態中。有時，他感到冷得像在冰窖裡；有時，又熱得像在火爐中。

他睡到很晚都不起床，母親怕他遲到，叫了他幾次他都不醒。母親用手去推他，無意中碰到他發著高燒的臉，知道他生病了，這才慌了手腳。

這時，他的父親已上了班，弟弟妹妹也已上了學。為了省錢，他家一向沒有請醫生的習慣，反正家裡有的是治感冒的成藥，而唐家的孩子們一向患的也都是感冒，他母親就拿一些給他吃了。

唐伯寧醒過來以後，知道自己病了，第一件事便是請母親去打公共電話，替他向玫瑰大飯店請假。母親問他怎會忽然病倒，他說是昨晚淋了雨。其實，他知道自己的身體已不如從前，一個多月以前的挨餓，這一個月和阿雪在一起的縱慾，早已把他的健康拖垮，再加上昨晚的驚人意外，使得他的精神已瀕臨崩潰的邊緣，又怎能不病？經過了一夜的折磨，這使得他下了決心，等他病好了，一定要到警察局去自首。將來存夠了錢，也要給阿雪家裡寄去一筆錢。他不知道始亂終棄是否觸犯刑法；不過，與其這樣痛苦終生，何如一下解決了，以求得良心之所安呢？

那天下午，當他正在半睡半醒的與病魔掙扎著，他的母親則愁眉苦臉地坐在他的下舖縫補衣服。忽然，門鈴響了。他家是難得有客人上門的，會是誰呢？母親驚訝地去應門，使她更驚訝的是，門外竟然站著一名警察。不久以前不是剛剛調查過戶口嗎？那個年輕的警察很有禮貌地問：「請問這裡有一位唐伯寧先生嗎？」

「是呀，你找他有甚麼事？」一種不祥之感使他母親的心砰砰地跳著。

「我想問他幾句話。他在家嗎？」

「在——是在家。不過，他正生病躺在床上。」母親猶豫著。

「媽，是誰找我？」唐伯寧用盡全身氣力，聲音沙啞地在房間裡叫著，病中的他似乎特別敏感。

「是一個警察。你要不要見他？」母親走進房間裡，低聲地問。

「沒有關係的，請他進來吧！」

年輕的警察走進來。唐伯察第一句話就是：「你怎會找到我的？」

「那還不簡單？我們到玫瑰大飯店去問嘛！」

「你們又怎知道我在玫瑰大飯店呢？」

「那更簡單，在阿雪的抽屜裡，有一張紙清清楚楚地寫著你的大名和地址。唐先生，你不介意我問你幾個問題吧？」警員彬彬有禮地問。

唐伯寧先不回答警員，卻轉向他的母親說：「媽，等一下我要向警員先生講一個故事，請你靜靜地聽著，不要吃驚。爸爸那裡隨便你要不要告訴他。我很慶幸弟弟妹妹們都不在，這件事不要讓他們知道。」

母親一聽，眼淚便撲簌地落個不停。不用說，她已知道兒子一定做了見不得人的事。

唐伯寧很平靜地用簡單的幾句話，把他和阿雪認識的經過和關係都告訴了警員，說完之後，雖然覺得很累，內心上卻有如釋重負之感。

「唐先生，謝謝你的合作。我會把你的話寫成報告，呈報上峯。將來，假使我們還需要你的口供的話，希望你能夠繼續合作。」警員站起來向唐伯寧告辭。

「當然，不過——」

「我明白你的意思。我盡量避免讓令尊和弟妹知道就是。」

警員走了，母親還坐在床邊哭泣不止，因為她覺得整個世界都已經破碎。唐伯寧這一病可不輕，轉變成肺炎還有初期肺結核的現象。結果，住了一個多月醫院，又害他父親欠了一筆債。

這一場病洗淨了他的心靈，但是卻不能洗去他對阿雪的歉疚。還好玫瑰大飯店仍保留著他的職位，他節衣縮食的苦幹了幾個月，替父親還了他的醫藥債。然後，到冰店探問了阿雪老家的地址，給她的父母匯去了一筆錢。他並沒有因為他們不懂得控告他而感到逍遙法外，良心的責備，還是會使他負疚一輩子。他常常做著一個怪夢，夢見天上下著黑色的雪片，細看，這些雪片每一片都有一張阿雪的臉，黑黑的，像濃咖啡一樣的顏色。在夢中，這些雪片全都沒頭沒臉地飄落在他的身上，每一次，他都因為寒冷和害怕而驚醒過來。

心魔

放下電話，陶覺非開始愉快地忙碌起來。

他首先將客廳茶几上狼藉的報紙和雜誌收拾好，把推得滿滿的煙灰缸倒乾淨；然後檢查了一下熱水瓶，發現已沒有開水，就趕緊去燒。最後，想起自己也應該修理門面一番，就換下身上那套又皺又髒的睡衣，穿上襯衫西裝褲，又到浴室去刮了鬍子。

等到一切都準備妥當，門鈴也及時的響了起來。

開了門，門外站著的是他的老朋友趙卓之，趙卓之身後還站著個陌生的少女。

「卓之兄，請進來坐！」他伸手和老友相握。「這位是──」

「這就是碧然嘛！剛才我不是說過要帶她來看你嗎？」

「陶叔叔，你好！」少女也向他點頭微笑。

「哦！原來你就是碧然，長得這麼大了，叔叔都認不得你啦！」他大聲的叫了起來，一面請父女兩人坐下，一面手忙腳亂地替他們泡茶。

坐定以後，他細細打量面前的少女。

及肩的長髮，髮梢微微有點捲曲；兩隻烏亮的大眼睛，正一點也不羞怯地到處的溜溜亂轉；皮膚白裡透紅，吹彈得破。身上穿著一件薄薄的套頭毛衣，顯出了美好的曲線；下面穿著一條及膝的裙子，露出了兩截圓圓的小腿肚。陶覺非挖空心思的想，怎樣也無法把面前這個美麗成熟的少女跟三年多以前那個短髮齊耳、又黃又瘦的國中小女生合而為一。那時，他和他們比鄰而居，這個小女孩常來向他請教功課上的問題，他偶然也會帶她和她的弟弟皓然出去看一場電影。她升上高中以後不久，他就搬到現在住的地方，沒有再見過她。想不到，黃毛丫頭十八變，竟然出落得這麼標緻。

「卓之兄，你好福氣，女兒都這麼大了。老實說，碧然變得這樣漂亮，我要是在街上碰到了真不敢認哩！」陶覺非說。

「陶叔叔，可是你一點也沒有變，還是那麼年輕。我有很多同學很迷你的小說，都很想看看你。」碧然搶著說。雖然分別了三年多，但是她對陶覺非還像以前一樣熱絡。

「算了，不看也罷，看了反而使他們失望。」陶覺非對她的天真，不禁失笑起來。

「真的，覺非兄，你的小說越寫越好，名氣也越來越大，說不定有一天諾貝爾文學獎會輪到你哩！」趙卓之也在一旁打趣著。

「得了！得了！老朋友幾年沒有見面，難道你來一躺只為了挖苦我？談談你自己吧！嫂夫人身體好吧？我知道碧然在上夜間部大學，皓然呢？也升高中了吧？」

「我還不是老樣子？一個靠薪水養家活口的人還會有甚麼作為呢？我太太的風濕病還是不時發作，不過並不厲害。皓然那孩子不用功讀書，沒考上高中聯考，結果進了五專，要住校，家裡現在剩我們三個。」

「那麼，你這個獨生女現在一定變成了爸爸媽媽的心肝寶貝嘍！」陶覺非笑著對碧然說。

「才不會！我現在白天要幫忙媽媽做家事，爸爸還要我出去找事做哩！」碧然說著，輕輕吐了吐舌頭，表現頑皮可愛。

「哦？年紀不太小了一點嗎？」陶覺非說。碧然雖然已長得亭亭玉立，但是他還把她當作小孩子。

「不小了，明年四月就滿十九歲了。」碧然鼓著腮，裝作生氣的樣子。

「卓之兄，你看，咱們還能不老？你的女兒都快成年了。」陶覺非嘆了一口氣。

「老的是我，你老甚麼？沒有結婚的人還是小孩子哩！嗯！你到底甚麼時候才請我們喝喜酒嘛？」趙卓之問。

「還要等兩年。菡芳堅持要再做兩年，她說再兩年就可以取得退休資格，她不願意放棄那筆退休金。」陶覺非雙手一攤，做出一副無可奈何的樣子。

「再等兩年？她現在三十幾了？」趙卓之又問。

「三十五。我認識她整整十年了。」

「爸爸，陶叔叔的女朋友是不是就是莫阿姨？他們現在為甚麼還不能結婚呢？」碧然挨近趙卓之的身邊，悄聲地問。

「你瞧這孩子多愛管閒事！」趙卓之笑著對陶覺非說，語氣中帶著溺愛的成分。

「這不就是證明孩子已經長大了嗎？」陶覺非說：「碧然，我們說的就是你見過的莫阿姨。她在銀行做事，那家銀行不用已婚的女職員，她為了捨不得那份工作，所以把我們的婚期一直拖延下去，也把我的頭髮也拖白了。」說到這裡，陶覺非苦笑了起來。

碧然把身體傾前一點，對著陶覺非的頭髮探視了一會兒，然後愛嬌地說：「陶叔叔騙人！你的頭髮還烏溜溜的，一根也沒有白，倒是我爸爸已經斑白了。」

「我的頭髮又怎麼不白呢？我的生活擔子這麼重，那像陶叔叔孤家寡人一個活得瀟灑？」這一回輪到趙卓之苦笑了。

「這樣說，晚婚也有好處嘍？」陶覺非哈哈大笑起來。

「陶叔叔，你替我介紹一份工作好不好？我現在白天反正沒事，我很想能夠減輕爸爸一點負擔，我的好多同學都已經有工作了。」碧然等他笑完了，就接了上去。

在陶覺非還沒有回答以前，趙卓之也接口說：「老實說，無事不登三寶殿，今天晚上來打攪，也就是為了這件事。你老兄交遊廣闊，碧然你是看著她長大的，你幫她忙，也就是幫了我忙。」

「當然，以你我的交情，這是義不容辭的事。」陶覺非沉吟著。「不過，不知道碧然想做哪一方面的工作？」

「甚麼工作都可以，一個夜間部的文科新生還想做甚麼呢？做倒茶的小妹也無所謂呀！」碧然閃動著她烏黑的大眼睛，露出了雪白整齊的牙齒笑著說。

「這樣漂亮的女孩子做小妹豈不可惜？陶叔叔會替你留意的。」陶覺非開心的笑了起來。在人浮於事的今日，他對於替這樣一個剛上大學的少女找工作雖然毫無把握；不過，他倒很樂意替她效勞，不單只為了她父親是他的老友兼舊鄰居，而且長大後的碧然的確令人疼愛。

「謝謝陶叔叔！謝謝！」碧然乖巧地說。

「那麼，我們就不要再打擾陶叔叔了。」趙卓之站了起來。「真是謝謝你了，覺非兄。」

「先不謝，還不知道能不能成功哩！」陶覺非也站了起來。

送走了趙卓之父女倆，陶覺非不自覺地搖搖頭微笑了起來。對碧然的由一隻醜小鴨驟然變成一隻天鵝，他只感到不可思儀。

陶覺非幾乎可以說是一個職業作家，除了在一間私立專科學校每週擔任兩節國文以外，就沒有其他工作。他認識的並不少，但是談得上交情的，卻都不是甚麼有頭有臉的人物；這也就是說，他想替碧然找一份工作並不容易。

也是事有湊巧。當陶覺非正在為無法替老友盡力而感到有點懊惱時，他有一個朋友要辦出版社，來找他合作。王佐臣本來是做出入口生意的，賺到了一點錢，想沾點書卷氣，看到那一陣子出版業風起雲湧，便想也插一腳。不過，他對文化事業完全外行，想到陶覺非是個名氣響亮的作家，就找他幫忙。陶覺非說他沒有錢，王佐臣說，你只要出力就行，請你負責拉稿和選稿，總編輯的名義你嫌不嫌屈就呢？陶覺非反正沒有正式工作，略一考慮就答應了下來。

「王兄，我有個小小的條件。」陶覺非說。

「只要我做得到，一定不成問題。」王佐臣拍著胸膛說。

「我想安插一個人，那是我的世姪女，她家裡的經濟情形不太好，她父親託我替她找事。她沒有工作經驗，我想記記帳、管管雜務總可以的。」

「那有甚麼問題？反正我也需要用人，就這樣決定吧！」因為出版社的確需要陶覺非的名氣和實力，王佐臣也就大大方方的答應下來。

真是踏破鐵鞋無覓處，得來全不費工夫。陶覺非這下是好運當頭了，不但自己有了一份名義相當不錯的職業，而且碧然也得到工作，他覺得上天待自己真是不薄。

陶覺非當天就到趙家去報告喜訊，趙卓之一家也高興得不得了。趙卓之挽留陶覺非吃飯，陶覺非知道趙太太身體不大好，不想打擾，就說他請客，請他們一家出去吃館子。趙卓之夫婦不想出去，就說：

「那麼，碧然陪陶叔叔出去好了，其實，應該我們請客的。」

趙碧然興高采烈地幾乎是蹦跳著跟陶覺非出去的。在路上，陶覺非想約莫菡芳一起去吃飯，看看錶，她剛下班，可能還沒有到家，只好算了。

「碧然，你想吃甚麼？今天我們兩個都應該大大慶祝哩！」陶覺非對碧然說。

「那麼，」碧然完全不像一般女孩子那樣扭扭捏捏地只說一聲「隨便」；相反地，她認真地考慮了一下，就說：「陶叔叔請我吃西餐好了，我喜歡吃西餐。」

「好呀！陶叔叔也喜歡吃西餐。」陶覺非說。其實，他對淡而無味的西餐最沒有好感；他這樣說，無非是想使碧然高興而已。

有這麼一個出色的少艾同行，陶覺非有意無意地帶碧然到一家文藝界經常來聚餐的西餐廳去。果然，才坐下不久，就碰到一個雜誌社的記者。那個記者一看見陶覺非跟一個美麗少女一同進餐，就走過來大驚小怪地說：

「喲！大作家，有這麼漂亮的女朋友，介紹一下嘛！」

「小陳，不要開玩笑！這是我的世姪女趙碧然。碧然，這位是陳記者。」陶覺非一本正經的說，心裡也有幾分得意。

「既然不是你的女朋友，那麼介紹給我好了。」小陳涎著臉，一面又從口袋裡掏出一張名片。「趙小姐，幸會！以後請多多指教。」

因為小陳天生一副猴子相，不引人好感，所以趙碧然不理他，而陶覺非也不再跟來搭訕。小陳在他們桌邊站了一會兒，自覺沒趣，服務生送麵包上來了，便乘機走開。

「這個人好討厭！陶叔叔怎會認識他的？」小陳才走開，碧然便噘起小嘴說。

「這種人到處亂鑽，無孔不入，是他要認識我而不是我想認識他呀！」陶覺非又在有意無意中抬高自己的身價。

「當然那！陶叔叔是名作家，誰不想高攀？」碧然撕了一小塊麵包，塗了些果醬，用纖指送進嘴裡，輕輕嚼著。兩片柔軟的嘴唇，沒有染過口紅，卻是鮮豔欲滴。

「這下可討厭了！小陳的一張嘴就是廣播電臺，說不定會到處宣傳說我交了新女朋友哩！」陶覺非在強調事實的嚴重性。

「那有甚麼要緊？陶叔叔又沒有太太。哦！我知道了，陶叔叔怕莫阿姨吃醋。」碧然毫無顧忌地縱情大笑起來。

「莫阿姨倒不會，跟她說明一下就行，怕的是別人誤會，說你交了一個老頭子男朋友。」陶覺非也笑著說。

「陶叔叔才不是老頭子。要是我真的是一位名作家的女朋友，那才光榮哩！」碧然笑嘻嘻地說。

「說真的，你有男朋友沒有？」陶覺非問。

「沒有呀！等著陶叔叔給我介紹哩！」

「這麼漂亮的小妞兒，追求的男生一定在排著隊，還用得著陶叔叔介紹？」陶覺非瞇著眼，大膽端詳坐在他對面的碧然。在餐室粉紅色的燈光下，她的黑髮閃亮，粉頰含春；一雙大眼睛不安份地轉來轉去，兩片紅唇似笑非笑。她雖然只有十八歲，但是身體已發育得十分停勻，豐盈的胸脯，在緊身毛衣下顯得玲瓏浮凸。陶覺非看得目迷神馳，他覺得她完全是個陌生女孩，根本不可能是當年那個黃瘦的小女孩變成的。

「陶叔叔在看甚麼嘛？」碧然扭著身體，裝作害羞的樣子。其實，她很高興她的陶叔叔在欣賞她的美麗。

陶覺非本來想說「看你漂亮」的，可是又覺得那未免不合身分，就改口說：「沒有看甚麼，在想心事。」

「想甚麼心事？是不是想莫阿姨？」碧然竟不放鬆地追問。

「唉！你這個孩子太厲害了，我說不過你。」陶覺非高舉雙手，作投降狀。他果然想起了菡芳，但是，他不是在懷念她，而是不自禁地要把她來跟碧然比較。

三十五歲的莫菡芳，無論在外形和思想上，似乎都比碧然老了一輩。不知道是不是讀會計的人都是那麼一絲不苟。陶覺非自從認識她以後，她的髮型就不曾改變過，永遠燙得短短的，梳得整整齊齊的。這種髮式，在年輕時也許會顯得活潑；但是到了現在，就有點歐巴桑模樣了。陶覺非勸她留長髮，她說自己已過了留長髮的年齡，怎樣也不肯聽。她的服裝也非常保守，夏夫是一襲顏色素淡的洋裝，冬天便是深色的衣裙或毛衣長褲。她長年戴著一副近視眼鏡，而又不苟言笑，總是給人以道貌岸然的感覺。十年前，陶覺非因為她的端莊嫻淑而愛上了她；如今，卻有點嫌她沒有女人味道，不解風情。

「唉！她能夠像碧然那樣活潑、俏皮、可愛就好了。」他暗暗在心底嘆了一口氣。

由於他跟碧然一起吃飯而沒有約莫菡芳，陶覺非有點內疚，第二天就約她出來吃飯。菡芳生性節儉，她跟陶覺非約會，一向不准他多花錢，每次都限定吃一碗麵或者一盤飯。陶覺非雖然感激她替他省錢，但是也覺得這樣的約會太沒有情調。

現在，他們兩個坐在一間顧客不多的北方小館裡吃餃子。

「菡芳，昨天晚上我本來就要約你出來的。」陶覺非在她的小碟子上倒下醬油和醋。

「哦？甚麼事？」

「告訴你好消息，有人請我當總編輯哩！」

「啊！那真是好消息！」菡芳淡淡地笑了笑。她是個不容易激動的人。

陶覺非本來想告訴她昨晚他跟趙卓之的女兒一起吃飯的，後來又覺得沒有必要。他只是把王佐臣開出版社請他去幫忙的事源源本本告訴了她。最後他又加了一句：

「以後我的經濟情形好一點，我們就可以早一點成家了。」

「那怎麼可以？我還有不到兩年就可以領到退休金，怎能半途放棄？」談到結婚，菡芳並沒有臉紅；相反地，她卻是板著臉。

他們相戀十年，可是並沒有訂過婚，因為菡芳不相信一紙婚約就可以維繫兩個人的感情。當他們已到了非君不嫁非卿不娶的程度以後，菡芳認為篤定了，就把熱情逐漸收斂起來。她本來就是個有點冷的女人，因此，這些年來，他們雖然既沒訂婚，也沒有結婚，彼此之間卻有點像老夫老妻似的，毫無羅曼蒂克之可言。陶覺非只有把希望寄托到將來結婚以後。

「啊！菡芳，你太狠心了，要我等那麼久。」他嘆了一口氣說。

他這句話，表面是在責備菡芳，但是骨子裡卻表示需要她。菡芳聽了很受用，然而卻只是用眼角瞟了他一下，沒有回答。

碧然第一天到出版社去上班，便深受王佐臣以及他的內侄馮楓的歡迎。馮楓是負責編輯、校對等工作的，等於是陶覺非的助手。碧然的工作是管帳兼雜務。這家新成立的出版社，連老闆在內，一共就只有這四個人，連工友都免了，要喝開水，自己動手。碧然既青春貌美，而又伶牙俐齒，不但王佐臣喜歡她，認為陶覺非介紹得不錯，而馮楓也是一見面就親熱得不得了，向她大獻慇懃。

陶覺非看在眼裡，趁著王、馮兩人都走開的時候，就悄悄對碧然說：

「碧然，你對那姓馮的要小心一點。你太年輕了，還不知人心的險惡哩！」他擺出一副長輩的口吻。

「我也看得出來，陶叔叔，我會對付他的。」碧然卻是胸有成竹的樣子。

「那就好。」他點點頭。

下班的時候，陶覺非聽見馮楓問碧然住在哪裡，他可以用機車載她回家。碧然還沒有回答，陶覺非就在一旁搶著說：

「馮先生，趙小姐的令尊吩咐過不要讓她搭別人機車的，怕危險。」

「哦！」馮楓把聲音拖得長長的，還把陶覺非從頭到腳的打量著，態度非常無禮。「原來是這樣！那麼，我用計程車送趙小姐總沒有關係了吧？」

陶覺非沒有提防到他有這一招，不禁楞了一下，這才用詢問的眼色看著碧然說：「碧然，我們不是說好要跟莫阿姨一起吃晚飯的嗎？我們走吧！」

碧然明白了他的意思，就對馮楓說：

「謝謝你，馮先生，不用送我，我還有事。」

「好，那我就先走了，來日方長呀！」馮楓拋下一句意味深長的話，嘿嘿嘿的笑著走了。

陶覺非和碧然一起走出出版社的門口。

「陶叔叔，是不是真的要請莫阿姨和我吃飯呀？」碧然首先開口問。

「那有甚麼問題？不過，這個時候莫阿姨大概又已經下班了，找不到她哩！」

「那麼只請我不行呀！」碧然撒嬌的說。這一輩子，她很少有機會在外面吃飯，陶覺非似乎相當慷慨，她就毫不客氣的纏定了他。她實在是不情願回家跟父母一起吃那簡陋的家常飯菜。

「行！行！」陶覺非是求之不得。他單身一個，反正是每頓要在外面吃的，有女同行，當然比一個獨吃有趣得多了。「今天你想吃甚麼館子呢？」

「廣東館子。」碧然不假思索的說。她聽說廣東菜很好吃，早就想一快朵頤了。

在館子裡，碧然毫不客氣地點了四樣價錢相當貴的菜。陶覺非不免有點心疼，但是為了有秀色可餐，他也就表現得很大方。在吃飯的時候，碧然滔滔不絕地把在學校裡見到和聽到的趣事告訴陶覺非，陶覺非聽得很開心，也越加感覺到跟碧然在一起有趣。

以後，由於同事的關係，他經常有機會請碧然吃晚飯。不過，碧然也是很聰明的，為了避免陶覺非說她貪婪，她也不是逢請必到。有時，她推說跟同學有約；有時，推說家裡有事，陶覺非也不疑有他。

有一天的下班時候，陶覺非看見碧然還坐在位子上不動，就問：

「碧然還不走？」平常，他們多數是一起走出門外的。

「陶叔叔，你先走吧！我要等一個同學。」碧然說。

「是男同學還是女同學呀？」陶覺非笑著又問。

「陶叔叔壞死了！不來哪。」碧然在發嬌嗔。

這時，室中還有馮楓，他的工作比較忙，經常稍遲才下班。他雖然正在埋頭工作，似乎沒有聽到他們的對話，但是陶覺非身為上司，也不便多開玩笑，就跟她揮揮手，說聲「明天見」，便走開了。

他一個人無聊地逛到西門鬧區去。近年來，他和莫菡芳都是在星期日才約會。平時，莫菡芳下班後便不想外出。雖然是一個人，她也要自己弄飯，因為那樣比較衛生而合口味。飯後，洗澡、洗衣服，看看電視，一個晚上便很容易過去。她說過喜歡她平凡平靜的生活，所以陶覺非也很少去打擾她。每個晚上，除非有應酬，否則總是一個人在街頭「流浪」。

夾在電影街的人潮中，陶覺非感到非常落寞。他想：要是有碧然陪伴著多好。不知怎的，他居然沒有想到莫菡芳。肚子有點餓，可是，他又不知道去吃甚麼好。由於想到碧然，他便想到西餐。這是她喜歡吃的東西，坐在西餐室裡，也就等於跟她在一起了。

他走進一家電影院隔壁，氣氛相當優美的西餐室。碧然喜歡講究情調，下一次一定要帶她來。他找了一個角落坐下，今天他不想被人打擾。這裡的光線很幽暗，適宜於情侶約會。他，一個寂寞的中年文人，也許會在這裡找到靈感。

叫了一份C餐，他吃得不多，一個人也用不著講排場。他撕著麵包慢慢地吃，慢慢地喝著湯，一面觀察著其他的客人。身為一個從事寫作的人，「看人」已成為他職業上的習慣。他的聯想力很豐富，只要任何一個有特徵的人被他看上兩眼，他就可以發展成為一篇小說。

當他一面吃一面心不在焉地胡思亂想著時，忽然，他看到碧然從外面走了進來，跟在她身旁的是馮颯，兩個人有說有笑地在找座位。

他的心一震，下意識地趕緊別轉了頭，怕被他們發現。還好，燈光很暗，他們沒有看到他。又因為找不到兩個人的座位，他們就到樓上去了。

可惡！她居然跟那小子搭上了，還要騙我！以前，我還警告過她要對那小子小心的。想不到她竟瞞著我跟他勾搭起來，大概因為姓馮的是老闆的內侄的關係吧！這樣看來，碧然也是個目光短小的勢利女子，不值得……。他不禁氣得渾身發抖。

「不值得甚麼？她不過是朋友的女兒，她高興跟誰來往就跟誰來往，自己管得著嗎？生甚麼悶氣？」然後，他又為自己開解。

憤怒、被騙、懊惱、自憐的情緒交纏在陶覺非的胸臆中，他真想衝上樓把碧然和馮楓都痛罵一頓；但是，他自知沒有資格，犯不著當眾製造笑柄。他已完全失去食慾了，豬排還沒有送來，他就站起來去付帳。

那一夜他失眠了。在餐廳裡沒有找到靈感，此刻卻文思泉湧。他乾脆披衣起床，振筆疾書。到天亮，他完成了一篇一萬多字的短篇小說，而案頭的煙灰缸也堆滿了煙蒂。

他的小說題目叫做〈慕〉，是描寫一個中年單身漢愛上了一個年輕少女的故事。情節很平凡，不過內心的刻劃卻很有深度，他把自己真正的感受全部貫注到男主角的身上，不過，他對自己卻不承認那是他個人的寫照。

寫完以後，他的情緒似乎平復了一點，然而，當他到了出版社，看見碧然又在跟馮楓打情罵俏時，便不由得心頭火起。他繃著臉，不理他們。那兩個人也不理他，繼續嘻笑。他坐在那裡忍無可忍，就想出一個辦法。

他不聲不響的走出了出版社，走到附近一家咖啡室去。他在咖啡室打電話回出版社，他知道社裡的電話大多數是碧然接的。果然，他在電話中聽見了碧然的聲音，他說：

「我是陶叔叔，你用心的聽我說，不要回答。我現在南月咖啡室等你，有重要的事告訴你。你向馮楓說你有急事出去一個鐘頭，立刻到我這裡來，我等著你。」

他坐下來，叫了兩杯咖啡。兩三分鐘以後，碧然就來了，她的臉上帶著驚愕的表情。他叫她在對面坐下，沉著臉問：

「你昨天晚上跟同學到哪裡去了？」

「去玩呀！」她含含糊糊地說。

「到哪裡去玩？」

「吃飯，逛街嘛！」

「男同學還是女同學？」他不放鬆地又問，眼中閃著怒火。

「陶叔叔，怎麼啦？我又沒有做錯事，你幹嘛這麼兇巴巴地審問我？」碧然避不作答。

「我平生最恨人撒謊。我問你，你為甚麼要騙我？」陶覺非恨恨地問。

「我騙你甚麼嘛？」碧然的聲音很軟弱。

「好吧！你不說，我來替你說。你昨天晚上騙我說跟同學有約，結果卻跟那個混球馮楓去約會。若要人不知，除非己莫為，幸虧天有眼讓我碰到了，要不然，我還以為你多純潔哩！」陶覺非獰笑著說。

也許是因為自己的謊言被揭穿了，也許是陶覺非最後一句話觸怒了她，碧然開始反抗了撇著嘴，先哼了一聲，然後滿不屑的口氣一個字一個字的說：

「怎麼樣？陶叔叔，你吃醋了？我跟誰約會你管得著？你也不照照鏡子，老頭子了，還想打我的主意？怪不得馮楓說你對我有企圖，我還不相信哩！今天你可露出真面目了。我們年輕人談戀愛有甚麼不對？你居然偷偷偵察我們，還虧你是個大作家，這樣做不丟人嗎？」

「沒有人阻止你去談戀愛，也得找一個正派一點的人呀！」陶覺非說不過她，只好強辭奪理的說。

「人家是大學畢業生，現在又有一份正當職業，他有甚麼不正派？」碧然立刻反唇相譏。

「碧然，你不要忘恩負義，是誰介紹你進出版社的？」他也拿出最後的殺手鐧。

「陶叔叔，我會很感謝你的。不過，請你不要忘記你不過是王老闆的朋友。」碧然也不示弱。「我要回去了，王老闆馬上就要來，我還有事哩！」說著，她站起身來，昂著頭走了。

陶覺非被她搶白一頓，氣得肺葉都快要炸開了。現在，他總算看清了碧然的真面目，她只不過利用他來介紹工作以及騙飲騙食而已。這樣一個徒具美貌而沒有品德的女孩，他很慶幸自己沒有沉溺下去。

他把咖啡喝完，慢慢走回出版社，果然王佐臣也來了。他等王佐臣沒事的時候，把他拉到裡面的房間去，低聲跟他說，聽說趙碧然這個女孩子在外面亂交男朋友，名聲不大好，他以前不知道，現在很後悔介紹她來。要是王佐臣怕影響社譽，他不反對他請她另謀高就。

誰知王佐臣聽了卻拍拍他肩膀，笑著說：

「老兄，你也許聽見的只是謠言。碧然跟馮楓已經要好了一陣子，他們天天在一起，她哪裡有機會再交別的男朋友呢？再說，我也很喜歡她，我還有意討她做侄媳婦哩！」

陶覺非臉上一陣紅一陣白的下不了臺，只好乾笑了兩聲，說：

「王兄你認為無所謂就好了，算我多嘴吧！」

這一天，他沒有再跟碧然說一句話，交代馮楓工作也是板著臉的。王佐臣在社裡的時間不多，一共三個人的辦公室，有兩個人他都看著就生氣，他覺得這種日子真是不好過。他知道，他大概也不會再待多久的。

那天晚上，他在館子裡吃飯，一個人喝了兩杯悶酒，沒有地方可去，就跑到莫菡芳住的地方去。莫菡芳是在一家人家裡分租了一個房間，此刻，已換了睡衣，關門休息了。陶覺非的貿然來到，使得她既狼狽而又尷尬。她趕緊抓起睡袍披上，又把房門打開得大大的，才讓他進去。

一見面，莫菡芳就埋怨他：

「跟你說晚上不要來的，孤男寡女在一起，也不怕人說閒話。」

陶覺非今天受了那麼多的委屈與打擊，本來以為可以在莫菡芳這裡可以找到慰藉的，誰知一進門就被她責備，一肚子的寃氣就仗著酒意發作起來。

「不來就不來，有甚麼了不起？這個世界上漂亮的女人多的是，你以為只有你才漂亮？你可以找馮楓，我就不可以找別人？呸！」後面幾個話，他是說給碧然聽的，酒後，他在模糊的意識中，把菡芳和碧然合而為一了。

說完了，他轉身就蹌蹌踉踉地下了樓，留下了一屋子的酒臭，以及菡芳憤怒的眼淚。那夜，他去了綠燈戶。

第二天他酒醒了，打電話到銀行向莫菡芳道歉，菡芳不接電話，連續幾天都一樣。星期日的早上，他穿得整整齊齊地，帶了一小束鮮花去找莫菡芳，準備當面謝罪。莫菡芳冷冷地接待了他，答應跟他一起外出，叫他坐在客廳裡等。

莫菡芳也打扮得整整齊齊的，而且還主動說要去吃西餐。他大喜（千萬不要又碰到碧然和姓馮的小子才好）。

兩人到了一家很安靜的西餐廳，才坐下，莫菡芳就從皮包裡拿出一張報紙，丟在他面前，對他說：

「這篇大作你看到了沒有？」

他錯愕地拿起來一看，原來他那篇〈慕〉已經登了出來。那天早上，他把這篇小說完成了以後，在上班前，便順手寄給他一位在編副刊的朋友，寄出之後，他根本就把這件事忘了。假使他記得，事情發展到了這個地步，他就不想發表了，他一定會去要回來的。今天他還沒有看報，想不到這麼快就登了出來，菡芳還起了疑心，看來只好抵死不承認。

「哦？我還沒有看到，登得倒挺快的。」他裝作輕鬆的說。

「小說裡面的綠綠是誰？」莫菡芳的兩眼在眼鏡後面狠狠地盯著他。

「是虛構的人物嘛！怎會是誰呢？」他苦笑著說。

「虛構？一個四十多歲的中年人愛上了一個十八歲的少女！這個少女又是豐滿而美麗的，倒是非常巧合呀！」菡芳冷笑著說。

「菡芳，你在說些甚麼嘛？小說裡面的情節，你怎麼會認真起來呢？」他的全身都在冒汗。

「小說裡的情節？不見得吧？」菡芳的聲調低低沉沉的。「前一陣子，有兩個同事先後告訴我，他們看見你跟一個很美的女孩一起在街上走，當時我也不以為意。近來我發現你的態度怪怪的，我也認為是自己的不對，我對你的確太冷淡了。可是，你那天酒後的胡言亂語，還有這篇小說，不就是證據確鑿了麼？覺非，我承認我生性冷漠，也不懂愛情。我生平最恨勉強，我們彼此並無約束，你既然心有所屬，我們何必再拖下去？今天我跟你出來，就是要告訴你，從現在起，我和你分手了，你儘管去慕任何少艾吧！」

說完了，也不等陶覺非回答，莫菡芳就站起來走了。

陶覺非沒有攔阻她。他也恨勉強的事，這些年來，他對她也只有感情而無愛情，斷了也好，省得大家將來痛苦。但是，他今後將會更孤獨了。

他拿起莫菡芳丟下的那張報紙，把自己那篇小說一個字一個字的讀下去。〈慕〉的結局是大團圓中年男人因為他的成熟和智慧贏得了少女的芳心。

看完了最後一個字，陶覺非怒不可遏，把報紙揉成一團扔在地上，還用腳狠狠的在踐踏。

溪頭月

她從來不曾獨自一個人在夜裡的山間賞月，也想不到山間的月亮竟然與都市的並不相同。現在，她雖然不是一個人在山上，可是她的他卻是在旅館中看電視連續劇。

她很少跟他一起出門旅行，似乎自從二十年前到日月潭度蜜月以後就沒有一起旅行過；沒想到，他竟是如此挑剔的人。一上遊覽車，他就向車上的導遊小姐發牢騷，說他的座位把手下的按鈕壞了，以至他的座椅不能往後傾斜，要求另換一個座位。導遊小姐說每個人的座位都是在買票時排好了的，沒有辦法換，請他包涵。導遊小姐的態度很客氣；他卻口出粗言，使得坐在他旁邊身為妻子的她窘得無地自容，趕緊跟他換了座位才算了事。

車到臺中，全體遊客到一間餐廳去吃飯休息，他又嫌飯菜不好而嘟嚷不已。下午到了溪頭，他對旅館的房間都表示滿意，最高興的是附有浴室和裝有彩色電視機。才放下行囊，他就嚷著熱，迫不及待的進浴室洗澡，一洗就是半個鐘頭。她一個人坐在房間裡，眺望著遠處的青山和近處的林木，感到了一絲絲的無聊。他洗完澡出來，她說出去走走好不好，他說坐了大半天車子好累，我要先休息休息，說完了就倒在床上，不到兩分鐘，立刻鼾聲大作。

她苦笑著搖搖頭，想自己出去逛，看看錶已五點過了，領隊說過六點鐘開飯的，時間無多，不可能走到哪裡去，她只好也利用這空檔洗澡。

晚飯是在旅館的餐廳裡吃，十個人一桌，五菜一湯，菜比中午的更壞，量又少，一下子就被搶光了。於是，他又喃喃地罵個不停。她把他拉開，叫他少說兩句，他反而大聲的叫了起來：老子花錢來玩的，老子有權說話，為什麼不能說？她氣得不理他，逕自回到房間裡。

進了房間，還沒有打開電燈，她發現有一片銀光從窗外瀉入。走到窗前一看，只見一輪明月，正冉冉地從杉木林中升起。天宇無塵，把這山間的月色襯托得更加皎潔了。哦！今天是農曆十五，孩子們不是說過我們正好欣賞到溪頭的月色嗎？我怎麼就忘了？大概是剛才被仲民氣忘了的吧？我們出來旅行，為了是要散心（孩子們還笑說是我們的二度蜜月哩！），還嘔什麼氣？對！找他陪我踏月去。

想著，她轉身就往外走，還沒走到房門口，他卻推門進來了。

「怎麼不開電燈嘛？」他一面埋怨著，一面就把電燈打開。

「仲民，今晚是十五，月色很好，我們出去走走好嗎？」她說。

「月亮有什麼好看？又不是沒有看過。我不想去，我要享受我的電視節目。」他毫無表情地回答。

「你真是大俗人一個，老遠從臺北跑到溪頭來看電視，你不會在家裡看？何必花這筆冤枉錢？」她氣得差一點說不出話來。

「是你自己要來的，我本來就是俗人，哪像你這麼雅？」他一面說一面就脫下身上的香港衫，走進浴室，打開水龍頭，嘩啦嘩啦的在洗臉。

她不再說話，披上一件小外套，逕自走了出去。雖然已是盛夏，溪頭的夜晚還是有點涼意，身上那件沒有袖子的薄襯衫是不夠的。啊！山上的夜氣是何等清冽！山上的月色又是何等澄澈！假如能夠在此結廬而居，豈非人間仙境？可惜她的他竟變成了俗物一名，他又怎懂得欣賞大自然之美？他是什麼時候變的？她惕然而驚，搖搖頭，自己也無法解答。

她走出旅館，沿著大路慢慢走著。路旁林木森森，似乎有點可怖；但是，在月色與路燈交輝之下，大路上還是光明一片，而且，遊人三五，或前或後，她根本用不著害怕。她注意一下，其他的遊客幾乎都是雙雙對對的，只有她踽踽獨行。偶然有人從她身邊經過，都忍不住投過來微微有點驚訝的眼光。

不，他沒有變，也許是今天坐車真的坐得太累了，從前，他也曾經是個風趣而風雅的人啊！在談戀愛的時候，他們最喜歡在橋上散步。那時，她住在永和，啊！那個時候還叫中和鄉，兩個人在植物園約會以後，往往步行到中正橋，再走到竹林路她的家。這一段路，要是慢慢的走，要一個鐘頭以上；但是，他們一點也不覺得累，有時還嫌路太短。走到中正橋上，他們更是流連忘返。那時的中正橋不像今天的車如流水，他們可以靠在橋欄上，西送夕陽，東迎素月，一面傾訴著綿綿不斷的情話。興致來時，兩個人還會大聲的唱著歌，因為歌聲總是被河上的風吹散，所以也不至於引起路人的側目。

她沿著大路走。這時，圓月已升高了很多，把山路照耀得光如白晝。她走一步，月亮似乎也移動一步，頗有「山月隨人歸」的意境。她記得：她就是在一個月夜裡的中正橋欄旁邊答應他求婚的。那時，他才服完兵役半年，也才當了一個學期的教員，一點積蓄也沒有，就雄心勃勃的想成家了。

「夏茵，你今年幾歲了？」他們肩併肩的靠在橋欄上，背向著往來的行人和車輛，俯視著在月光下閃爍著銀光的粼粼河水；忽然間，他沒頭沒腦地冒出了這一句話。

「廿三。你又不是不知道，幹嘛無緣無故又問？」她說。

「廿三，不小嘍！你擔不擔心對將會當老小姐？」他又問。

「才不擔心！當老小姐有什麼不好？」她知道他是在開玩笑，故意這樣回答。

「你不擔心，我可替你擔心哩！因此，我決心要替你介紹一個好對象。現在，我已經替你找到了，他只比你大兩歲，長相很英俊，有一份好職業，為人師表。」他一本正經的說。

「死相！不害臊，一天到晚自吹自擂！」她打斷了他。

「真的，夏茵，現在這個人要向你求婚了，你肯答應他嗎？」他緊緊握住她的手，轉過頭，用一雙含情默默的眼睛注視著她的側影。

他們認識兩年多了，她承認自己很喜歡他，她的父母也認為他老實可靠。現在，這個老實人婉轉地表示他要娶她；他雖然很窮，雖然只是一個一無所有的中學教員，年輕的她，只「考慮」了幾天就答應了。一晃眼二十年過去，在平靜的婚姻生活中，她從來沒有自己的選擇是否恰當，直至今夜，她才發覺兩人之間的距離竟是這麼遠。

不遠處好像傳來吉他伴奏的歌聲。這幾年，在大學唸書的女兒和剛上高中的都迷上了吉他，課餘之暇，就一人抱著一把坐在沙發上又彈又唱。起初她嫌吵，而且也很討厭熱門音樂；想不到漸漸也愛聽起來，有些抒情的外國民謠和鄉村音樂她甚至覺得很好聽，有幾首她都熟得幾乎會唱。是誰那麼風雅，在月下的山間唱歌呢？她加緊腳步，要去看個究竟。這才叫懂得人生，懂得享受。只有像仲民那樣的俗人和蠢材才會在這種環境中看電視睡大覺的。

跟著歌聲走去，她來到一小片空地上。在如銀的月色下，她發現空地上圍坐著二三十個大學生模樣的青年男女。當中一個長髮披肩的女孩，坐在一張椅子上，抱著一個吉他，正在慢聲唱著夏茵最熟悉的〈哥羅拉多的月光〉，那還是她從前跟仲民常常一起在中正橋上一面散步一面唱的。而現在，那個曾經跟她一起唱歌的人，卻在月光下躲在屋子裡看電視連續劇。

她看見有幾個遊客也站在圓圈外欣賞這群年輕人唱歌；於是，她便決定不再前進，停下來參加這個「雅集」。夜有點涼，她拉緊了小外套，抱著雙臂，就站在一個女孩背後。長髮的女孩唱完了，站了起來，在掌聲中，她大聲地向一坐在圓圈裡的人說：「該你了，小徐！」

一個瘦削的、有著兩條長腿的男孩站了起來，用指尖梳攏了一下頭上的亂髮，便提著吉他，走向當中。他撥了幾下琴弦，一陣低沉、圓潤而略帶磁性的歌聲就流瀉在這月下寧靜的山中。啊！他唱的正是她最愛聽的〈You Light up My Life〉，也是她女兒常常唱的一首。那旋律多美妙！那歌辭多動人！她雖然早已過了談情說愛的年齡；可是，每次聽到，依然為之陶醉不已。

男孩微微低著頭在唱，她看不到他的臉。因為他唱得那麼好，唱得那麼忘情，她覺得這首歌由他來唱真是切當不過。月光照在他濃密的黑髮上，使他的黑髮四周彷彿鑲了一道銀邊，也使得他看來像個頭上有光輪的天使或聖者。

一曲既終，大家齊聲叫好，用力鼓掌。她也跟著大家拼命地鼓掌，到別人停了她仍然不自覺，等到她發現只剩下自己單薄的掌聲時才羞愧地停了下來。現在，又換了另外一個人上場。她還來不及看清是男是女時，她的身邊忽然出現了一個高高的人影。

「小姐，你也喜歡聽我剛才唱那首歌？」高高的人影俯下頭來向著她。

她愕然向四周張望，除了背向著她坐在地上的一些學生外，她的附近並沒有其他的人。

「你在跟我說話？」她仰頭望著他。現在，她看清了他有一雙大大的黑眼睛，瘦瘦的臉龐微微帶著點羞澀和稚嫩。

「是呀！小姐給我那麼多的掌聲，使我不勝感激之至。」

「你們是學生？」

「嗯！我們來自幾所不同的大學，但是都是音樂的愛好者。」

「你幾年級了？讀哪一系？」

「我是T大外文系的，開學後就是四年級了。」

「哦？現在男孩子讀文科的已經很少了吧？」

「是很少，不過我知道自己不是讀理工的料。小姐呢？是不是也還在唸書？」

「我？」夏茵失笑起來。她低頭看看自己：白色的小外套外面，一件淺色的條紋無袖襯衫、一條白色裙子、一雙走路鞋；加上剛剪短頭髮、小巧的個子，要是不仔細看臉蛋，或者從後望過去是很容易會誤會是個少女的。「我早已不是個學生了。」她說。

「那麼，是老師？是助教？你的年紀不會比我們大多少嘛！」男孩低頭端詳著她，黑眼睛在月光下蕩漾著迷濛的光輝。

「不錯，我是個教書的。」她點點頭，不覺在心中輕喟起來。她是個國文教員，教了二十年書，總算始終保持著一顆純真的心，依然愛好大自然、文學和藝術。可是，那個為了想改善生活而半路改行從商的人，她那個另一半的改變又有多大呀！他胖了，肚子大得像個小西瓜；他只注重感官的享受，貪吃懶睡。現在，他說不定正坐在電視機前打瞌睡哩！

「好年輕的老師！你是一個人來的？」男孩又問。

「我？不，我跟幾個朋友來的。」她沉吟著回答。她無意騙他；不過，在如此美好的月夜，她也不想把庸俗的事物牽引進來。「但是她們寧願躲在旅館裡。」她又加了一句。

「啊！多可惜！可以不可以請問貴姓？」他對她的朋友似乎毫無興義。

「有這個必要嗎？我本是空中的一片雲呀！」她隨口回答，因為跟在他後面出場的那個嬌小的女孩正在唱徐志摩的〈偶然〉。說了之後，又覺失言。〈偶然〉中的那片投影在波心的雲，原是暗指男女偶然的相遇與相愛，她又怎可以用來自喻呢？她的雙頰發燙了，幸而在夜裡他看不出它的顏色。

「你很風趣！請坐下來好不好？歡迎你參加我們的晚會。啊！對了！小姐雖然不願意讓我知道你的尊姓，我可要自我介紹了。我叫徐岳，雙人徐，山岳的岳。」

「謝謝你，徐先生，我站著就好了。」

「你怕弄髒了白裙子？來，我用手帕替你鋪在地上。」徐岳說著，就從牛仔褲的口袋中抽出一條摺疊很整齊的格子手帕舖在地上。「小姐，請！」他伸出右臂，作了一個很優雅的姿勢。

從徐岳那條摺疊整齊的手帕，她不免想到自己丈夫和兒子經常揉成一團髒兮兮的手帕。她以為男人都是亂七八糟的，想不到也有愛整潔的人。

「那麼，你的手帕就不怕弄髒？」她問。

「那有什麼關係？可以洗呀！大家都是年輕人，你為什麼要這麼拘謹呢？」

大家都是年輕人？她幾乎笑出聲音來。不錯，她的個子小、皮膚白，人人都讚美她外表年輕；跟十九歲的女兒一起出去，也常有人誤會是姊妹？現在，在月色如銀的山上聽年輕人唱歌，既然有人把她當作是年輕人，又何妨冒充一下？真的，由於一直為人師表的關係，她過去的行為是太拘謹了。

她笑了笑，就坐了下來。他也在她身邊坐下。此刻，又換了一個男孩出來唱，他唱的是一首她不愛聽的；於是，她輕輕對他說：「我可以點唱嗎？我希望再聽你唱一首，你實在唱得太好了！」

「真的？假使你喜歡聽，我當然願意為你再唱一首的。你要點哪一首呢？」徐岳側過頭來望著她，眉開眼笑的，雙眸閃閃生光。

「嗯！我想想看。唱……唱〈Here, there and everywhere〉好不好？」她說：她對這些熱門歌曲所知有限，這一首很抒情，是她熟悉的少數幾首之一。

「好極了！這一首我也很喜歡，等他唱完了，我就上去唱。」他興高采烈的說，他的臉也一直向著她。在夜涼中，她似乎感覺到有兩道灼熱的目光照射著自己的臉，她不禁有點惶恐。

圓圈中間那個男孩最後一個音符剛唱完，大家的掌聲還沒有停止，徐岳就邁開長腿，一個箭步竄到圓圈中間。他一手抱著吉他，一手舉了起來，很瀟灑地大聲向大家宣佈：

「我還要唱一首歌，這一首歌我是要獻給一位陌生的女孩的。」

他用熱切的眼光投向她，大家也跟他的眼光望向她。這時，明月已升到半空，把大地上的一切照耀得玲瓏剔透，也使得她整個人都清晰地暴露在眾人的目光中。她羞愧得無地自容，深深後悔自己的孟浪。要是現在離去，又怕反而會引起別人的注意，只好深深的把頭埋在胸前。

徐岳開始撥動琴弦，然後用他低沉而帶有磁性的嗓音唱出了：「Making each day of the year, changing my life with a wave of her hand...」他瘦削的臉帶著溫柔的微笑，他那迷醉的眼光始終沒有離開她的臉一秒鐘。

他的歌聲使她陶醉，但是她也越來越覺不安。不，請不要用這種眼光看我，年輕人，你一定是有所誤會了。我的女兒已幾乎跟你一樣大，我哪裡還是「小姐」和「女孩」？不，年輕人，你這首歌應該為一個愛你的真正少女而唱；我這個跟你偶然相遇的婦人是不配也不應該要你唱的。

他唱完了最後一個音符，趁著他低頭向聽眾鞠躬，她迅速地站起來偷偷溜走。像個夜行盜一樣，她躲在樹影下急步往旅館的方向走去。假使他追過來怎麼辦？那我就板起臉孔不理他，叫他不要騷擾我。可是，我做得到嗎？

她越走越快，一顆心急促地跳著。走了約莫兩三分鐘，偷偷回頭一看，路上是有兩三個遊人，不過卻沒有那頎長的影子，這才呼了一口氣，放慢了步，他不會追來的。他沒有追過來，她又有點悵惘：這該多傷害了那顆年輕的心啊！他又怎會想到自己竟然看走了眼，把一個中年的母親當作少女呢？要是明天再碰到怎麼辦？我相信他不會認得我的，月色把一切都美化了，他根本看不清我的真面目；明天，我要穿上一件中年婦女的洋裝，挽著仲民的手臂出遊，就算碰到了他，他又怎會聯想到月下邂逅的那個「少女」？

月亮已升得很高，她眼前的樹木和房舍全都沐浴在月色裡。山上很靜，除了唧唧的蟲聲和風吹樹葉的沙沙聲以外，就只剩下她自己的腳步聲。一方面貪戀著月色，一方面也在回味著剛才的奇遇，她走得很慢很慢；但是，她終於還是走到了旅館。

打開房間的裡面燈光還亮著，也傳出了如雷的鼾聲。在那張雙人席夢思床上，仲民蓋著毯子仰臥著，嘴巴張得大大的，早已熟睡如泥。

夏茵輕輕嘆了一口氣，覺得有點累，可是又全無睡意。她把電燈關了，把窗帘拉開，此刻，窗前已看不到月亮；可是，乳白色的月光仍然瀉滿一室。想起了自己剛才在一群歡樂的年輕人中冒充年輕人，想起了徐岳那雙熱切的眼睛，她就感到滿腔歉疚。床上這個熟睡的男人，到底是自己二十年共同甘苦的伴侶，將來還是要攜手走完人生的路程的。她知道今夜的奇遇將永不可再，自從走進結婚禮堂那一刻開始，她註定了要終身做個賢妻良母，偶然的一次「遊戲人間」就會受到良心的譴責，人生原來就是這樣的無奈。

他的聖母瑪利亞

他不知道自己是不是病了。半個月以來，他的食慾減少，夜不成眠；而精神又是恍恍惚惚的，一副心不在焉的樣子。別人跟他說話，他往往聽而不聞，已經不知得罪了多少他所導遊的觀光客。

每天，他像個機器人似的，帶著一隊隊國籍不同的觀光客，在全省各地他熟得不能再熟的風景區遊覽，嘴裡唸唸有詞地為他們解說。他覺得那些話就像錄音帶，播了一遍又一遍，千篇一律，不帶絲毫的感情。

他很憎恨自己的工作；但是為了生活，又不能不做下去。有時，他也不免為自己感到委屈，以他在學校時的成績，以他的天才，他大可以跟其他同學一樣，一服完兵役就出國去的。然而，他不能去，因為他必須立刻去工作，以減輕父親的負擔。他的父親是一家私人機構的中文秘書，收入微薄，也沒有任何保障，能夠把兒子供到大學畢業，已經很不容易了。他的下面還有弟妹四人，身為長子，自然應該一盡反哺之責，去當起導遊來。

不過，假使他沒有選擇這份職業，他又怎會遇到她呢？這個使得他的心不知失落在何處，使得他一閉上眼睛就看見她聖母瑪利亞般倩影的女孩子（現在他明白自己不是生病，而是在戀愛中了），不正是他曾經導遊過的一位遊客嗎？

由於他憎恨自己的工作，所以他對那些觀光客一向也沒有甚麼好感。他對他們，除了職業上的接觸以外，絕對不談到個人的問題。但是，她的出現，卻使得他眼前一亮，覺得自己過去未免太過以偏概全，觀光客不見得一定討厭啊！

她是香港來的，她跟她的一位朋友參加了他那家旅行社所主辦的日月潭和溪頭之旅，而他是領隊。

在一隊男女老幼俱全的隊伍中，她是顯得那麼出眾，他一眼就注意到了。

那天，她穿著一套純白的褲裝，挽著一個白色的旅行袋。雖然那副時髦的大型太陽鏡遮住了半張臉；但是，從她那頭烏亮的長髮、花瓣似的紅唇，尖尖的瓜子臉，以及修長的身材看來，就知道她是個玉女型的美人。

她的朋友遠不及她美麗；可是，兩個人大方的打扮和端莊的氣質，卻是同一型的，一看就知道是高級知識份子。

在遊覽車上，因為有遊覽車的小姐在唱歌，他得以很輕鬆的坐在前面。那兩個從香港來的女孩子坐在第一排，他在車頭的反光鏡可以很清楚的看得到，於是，他就大膽而恣意去欣賞她的秀色。

　　這時，她已把那副大大的太陽鏡摘下，原來，她又有著一雙大而黑的眼眼。她的鼻子挺而不太高，皮膚是象牙色的。他一看到她的臉，便有似曾相識之感，後來才想到她有點像聖母瑪利亞。她和她的同伴一直在喁喁細語，不時發出一兩聲輕笑。她的清純、她的嬌憨、她的可愛，直把他看得呆了。

　　在他過去二十五年的生命中，也不是沒有碰到過漂亮的女孩子。尤其是他班上的同學，更是陰盛陽衰、群雌粥粥。但是，他不是嫌她們太愛打扮，便是嫌她們太過矯揉作態，一個也看不上眼。遇到女孩子自動向他表示好感，他更是避之唯恐不及。因此，他的同學都目他為怪人。

　　怪就怪吧，他常常這樣想，一旦遇到了意中人，我會為她獻出全部感情的。

　　如今，眼前這個女孩子，外形是完全符合自己的理想的了。可是，她的內涵呢？她是不是也有著美好的內心？她是否符合了自己「中英文程度都好」的要求？她又是否還是待字閨中？就算這所有的答案都是正面的，她是從香港來的，他又如何能夠君子好逑呢？

　　罷了！罷了！不要再做白日夢吧，妄想到那不可能的，那將是自尋煩惱啊！

　　一路上，他想抑制自己不去看她；但是，一雙眼睛卻不聽指揮，硬是要往車頭的反光鏡望去，看得多了，她那美麗的形像已深深鐫刻在他的心版上，就像是石刻一樣，他覺得這形像將會一輩子都不會從他的心版上消褪的。

車子到了臺中，有一個小時的吃飯與休息。旅行社安排大家在一家不大不小的餐廳裡，分成四桌，隨便就座。遊客們個個爭先恐後的搶位子，只有那兩位香港小姐，似還不習慣這種作風，站在一旁踟躕不前。

他一看，機會來了。而且，他身為領隊，也有義務招呼每一位客人。他走到她面前，展開最和藹的笑容，說：

「兩位小姐，來吃飯呀！這邊有位子。」

一面說，一面就為她們安排了兩個座位，又替她們盛了飯，然後自己也坐在她們旁邊。

「兩位是第一次來臺灣？」他替她們每人挾了一塊炸雞。

「是呀！甚麼都不懂，好像傻瓜一樣。」比較不美的那個女孩操著生硬而帶著濃重粵音的國語說。

「我們連國語也不會說。」聖母瑪利亞般的女孩子接了口。

「我略懂一點點廣東話，或者可以為兩位效勞。」他在考取導遊之後，曾經受訓過一段時期，學到了幾句粵語，雖然不標準，好在別人聽得懂，此刻就乘機賣弄。

兩個女孩一聽非常高興，立刻改用廣東話和他攀談。有時，他粵語聽不懂，她們就用英語。三個人，國語、粵語和英文混雜著使用，竟談得十分投契。一頓飯下來，幾乎成為好朋友，而他也顧不了冷落其他的客人。

她告訴他姓何，她的朋友姓粱。飯後上車，他打開旅客的名冊，看見了何思詩和梁玉芳兩個名字，兩人都是二十二歲。她的地址是香港九龍塘玫瑰街。他下意識記住了門牌號碼，梁的地址他就不再看了。

能夠跟她談話，快樂得像中了頭獎。她的態度自然而大方，毫無小姐扭捏之態，一看就知道是個受過高等教育的女性，廿二歲，很可能是大學剛畢業。她的聲音脆脆的、柔柔的，悅耳極了。她的名字又是那麼高雅，一定是出身上等家庭。啊！僅僅這一點點資料，就足以證明她完全符合他的理想。但是，我能夠跟她繼續交往嗎？他不禁又氣餒起來。

傍晚的時候，遊覽車抵達溪頭。很不幸，晚飯時他沒有機會跟她們坐在一起，飯後又找不到她們。晚上，他跟遊覽車的司機同一個房間（這也是他憎恨自己的工作的理由之一），聽了一夜如雷的鼾聲，也苦惱了一夜。

第二天他起了個大清早。當他正在那條通往大學池的路上散步時，很幸運地發現她們兩個正在前面慢慢的走著。他三步併作兩步趕到她們前面。

「兩位小姐，早晨！」他滿面笑容，用最標準的粵語說。

「梅先生早晨！」她們也同聲的回答。

「昨晚睡得好嗎？」他又問。

「很好。」何詩思微笑著回答。

「太好了。這裡是那麼靜，空氣是那麼清新，好舒服啊！我真想永遠住下去哩！」梁玉芳性格比較開朗，話也比較多。

「那麼，歡迎你住下去呀！」他說。

「可惜，不行。我一定要趕回香港去，我要到美國唸書。」梁玉芳說。

「啊？」他心裡一驚。「那麼，何小姐也同去？你們是同學嘛！是不是？」

「我們是同學，不錯。不過，我不去。」何思詩淡淡一笑。

「我可以知道兩位是在甚麼學校求學的麼？」他一寬心，又進一步問。

「港大英國文學系。」梁玉芳說。

「啊！太巧了，我也是唸外文的，我三年前在臺大畢業。」他喜孜孜地說，知道彼此的距離又拉近了一點。

「那我們遇到同行了。」梁玉芳也興高采烈的說。

這時，他們已走到大學池。他告訴她們這裡是臺大農學院的實驗林場，所以這個人工池就取名大學池。

三個人在池畔的椅子上坐下來，天南地北的閒聊著。可惜何思詩不大說話，只是含笑的做聽眾。他很欣賞她的文靜，但是又渴望能夠多聽到他那嬌柔的聲音。

那天下午，他們抵達日月潭，先是坐在遊覽車上環湖一週，每到一處勝景，他都要下車領著大家進去參觀，同時，為他們講解。這時，他已發現自己的精神不能集中，因為他的目光老是要在人叢中找尋她，找到了便膠著不能離去。連他自己也知道，他的講解實在差勁透了。

當晚他們宿在潭畔的教師會館，第二天早上坐船遊潭，十時便起程回臺北。他是領隊，當遊客遊潭的時候，他只能在岸上等候。他想到幾個小時後便要跟她分手，可能永遠再也見不到她，就覺得一顆心已經碎成一片片。

她們所乘的遊艇靠岸時，坐在樹蔭下的他趕緊上前伸手去扶她們踏上碼頭。她大方的伸出手，他握著她那隻小小的、白嫩的、柔軟的小手，遲遲不願放開。但是，她輕輕抽了出來，也輕輕的說了聲「謝謝」。

啊！要是這一刻變成了永恆多好！他不企求甚麼，只希望能夠永遠握住她的小手。

遊覽車回到臺北，在旅行社的門前停了下來。禮貌上，他得站在車門口跟遊客們一一話別。到了何思詩和梁玉芳下來，因為後面還有很多人要下，所以他也沒有辦法跟她們多談。除了是用粵語和她們道別外，他覺得自己對她們跟普通的遊客根本沒有分別，而感到萬分痛惜。

現在，距離那次最後一面已經有半個月了。他——梅可倫還是忘不了她聖母般的倩影。茶飯不思，書空咄咄。失去了她，他覺得整個世界都變成灰色。陽光不再明亮，花兒不再美麗，鳥聲也不再悅耳。失去了她，他不知道活著還有甚麼意義。

他的一個好友小馮知道了這件事，勸他寫信寄給她，探探口氣。起初他不肯，認為那太唐突。氣得小馮大罵他是懦夫，連寫一封信都沒有勇氣，那就活該害一輩子單思病。

在小馮的慫恿下，他寫了一封很平淡的普通問候信寄去。可是，左等右等，坐立不安的等，等了一個月仍無回信。他也想不透到底是寄失了還是被她扔到字紙簍裡去了。

當他正心灰意冷地想放棄這份沒有希望的癡戀時，他忽然有了一次免費到香港的機會——旅行社派他到香港去參加一個講習會，會期四天。也就是說他可以在香港逗留四天。

就像一個快要滅頂的人，意外地抓到一個救生圈，他又恢復了生趣。他有機會到香港去，順便去拜訪她，這該不算太唐突吧？見了面，我不提那封信，看她怎樣解釋。

於是，他在起程之前先找出參加那次旅客名單，把何思詩和梁玉芳的地址都抄下，準備萬一找不到她也可以去找梁玉芳。

這是他第一次出遠門，來到一個完全陌生的地方，他不免有點緊張。還好，白天講習會，日子很容易打發，第一個晚上主辦單位請客，他沒辦法走開。第二晚，他便僱了一部「的士」到九龍塘去。

在玫瑰街的一幢豪華巨宅前，司機告訴他到了，下了車，在門燈的照耀下，他對照過門牌無誤，而且黑色的鐵門上還有「何寓」兩個字。

這是一幢歐洲式的花園洋房，雖然有點老舊了，但是氣派不減，高高的圍牆、厚厚的鐵門，還有很大的車房，顯示這個家庭起碼擁有兩部以上的汽車。站在這幢豪華巨宅前，梅可倫突然膽怯了。事前沒有通知一聲，在晚上去拜訪一位少女，這樣會不會太冒昧呢？

不過，既然來了，就不應該中途而廢。我又不要求甚麼，只不過想來看看她，有甚麼好害怕的呢？怪不得小馮譏笑我是懦夫，我真是太沒有用了。

他一咬牙，就按了一下電鈴。好久都沒有人來應門，他正想回頭便走，裡面卻有男人用粗粗的嗓門喝問：「找甚麼人？」

「我找何思詩小姐。」他對著大門說。不知怎的，聲音有點發抖。

「我們這裡沒有這個人。」門依然關著，裡面的人聲音兇巴巴的。

「請問她是不是搬走了？」他低聲下氣又問。

「不知道。」一陣腳步聲，裡面的人走開了。

他又對了對門牌，並沒有錯，而且又是姓何，這到底是甚麼一回事？難道是因為她生得美麗，追求她的男人太多，所以她叫家裡的人這樣對付？他想來想去想不出道理，只好垂頭喪氣回旅館去。

第二天一整天他都失魂落魄的，講習會的課程，他一個字都聽不進去。一下了課，吃過講習會為他們準備的晚飯，便匆匆去找梁玉芳。

梁玉芳也住在九龍，地點是尖沙咀。當他走進電梯，到了八樓，這才想起梁玉芳說過她要趕回來到美國去。現在，她還在家嗎？要是她去了美國，那就災情慘重，他將沒有辦法打聽出何思詩的下落了。

既來之則安之，姑且碰碰運氣吧！他因為沒有愛上梁玉芳，所以他來找她倒是十分坦然的。他按了門鈴，馬上便有人從門洞裡問他找誰。他說找梁玉芳，裡面的人便打開了木門，隔著鐵門和他說話，那是一個很和氣的中年婦人，說梁玉芳到美國去了，問他有甚麼事。

「您是梁伯母吧，我姓梅，跟梁小姐是在臺灣認識的。我想打聽一件事，可以進來嗎？」來到香港兩天，他的粵語已進步了不少。而他的誠懇，也很容易贏得別人的信任。

「啊！是梅先生，請進來坐吧！我聽玉芳提到過你的。」梁太太上下打量了梅可倫一眼，看他是個斯文有禮的青年，便把鐵門也打開了，讓他進去。

梁家是一個普普通通的中等家庭，因此，梅可倫坐在裡面毫無侷促之感。梁太太給他倒了一杯茶，在他對面坐下，問他甚麼時候來的。他把參加講習的事說明瞭，順便問：「梁小姐甚麼時候到美國去的？」

「去了一個多月了。」梁太太回答。

「她到哪一間學校去？」他搭訕著問。

「哈佛大學。」

「啊！那太好了。」沉默了幾秒鐘，他鼓起勇氣，囁嚅地問：「梁伯母，你認識何思詩小姐麼？」

「認識，她是玉芳的好朋友呀！」

「她是不是也出國了？」

「沒有呀！她去當修女了，你不知道呀？」

「甚麼？何小姐去當修女？」像是被人當頭敲了一記，他只感到天旋地轉。

「是呀！她是在玉芳出國以前出家的。玉芳去送她，哭得兩隻眼睛紅紅的回來。」

「梁伯母，你知道她為甚麼要出家？她是不是受了甚麼刺激？」一個大學畢業的美麗少女，為甚麼會看破紅塵，獻身宗教，對他而言，簡直像是謎一樣的不可思議。他在臺灣跟她相處兩日，雖然覺得她沉默寡言，但是卻沒有甚麼異於常人的地方，怎麼忽然就當起修女呢？而我也是太緣慳命薄了，第一個愛上的女孩，竟然是個出家人。我覺得她像聖母瑪利亞，果然她就披上白袍了。這豈不是個大諷刺？

想到這裡，他不禁長長的嘆了一口氣。

「我想，我告訴你也沒有關係。玉芳從臺灣回來，就告訴我她們遇到一個很好的青年，我一看你也是個善良正直的人，我很喜歡你，只可惜她們兩個都沒有緣份。」這一回，輪到梁太太嘆氣了。

「梁伯母，我剛才到過何思詩的家，裡面的人為甚麼兇巴巴地說沒有這個人呢？我的地址又沒有弄錯。」

梁太太交淺言深地說出了有關感情方面的話，使得梅可倫感到很尷尬，他乘機就扭轉了話題。

「就是因為他們認為何家的小姐去做修女很丟臉，所以不承認她嘛！兇的一定是他們家的男佣人。我以前就聽玉芳說過，很怕去何思詩家，看門的那個老黃兇得要命。梅先生，你要是先到我們這裡，就不會碰到那個惡鬼啦！唉！真是可惜玉芳沒有緣。」

梁太太遲遲不進入正題，梅可倫急壞了。但是，他又不便再催她，就只好默默不語。

「我還是先把何思詩的身世告訴你吧！」梁太太終於說到正題：「她的父親是個大富商，假使還在世的話，今年已經八十多歲了。」

「八十多歲？」梅可倫忍不住叫了起來。

「不錯，她母親是妾侍，她父親六十多歲才生她的。她的母親是大陸逃出來的難民，孑然一身，在她父親的一間工廠裡當女工。後來，大老闆發現了她的美麗。啊！我忘記告訴你了，何思詩的母親也是個天生麗質，就跟何思詩一樣。大老闆看上了她，就把她討了回去，而且非常寵幸。何思詩小時倒是過著好幾年幸福日子。可惜，老頭子在幾年前去世了。思詩母親是第五房妾侍，她的前面還有四房人。雖然老頭了在遺囑中很公平的把遺產分給每一房的子女。但是，因為其他的人都很妒忌思詩的母親；所以，老頭子一死，她們母女在何家的地位便一落千丈，受盡欺凌。思詩母女忍氣吞聲的在那個複雜的大家庭活下去，為的是想等思詩到了法定成的年齡，取得了遺產，便搬出來。唉！誰想得到？」

梁太太說到這裡停頓了一下，嘆了一口氣才又繼續說下去：

「誰想得到?思詩的母親竟等不到那一天，就在思詩十九歲半的時候，也跟著老頭子去了。聽說她患的是肺癌。玉芳和思詩從中學起便是同學，對何家的事知道得很詳細，這些都是玉芳告訴我的。當然，有時思詩來坐，也會講一些給我聽。唉！思詩這孩子，既漂亮、又溫柔，上天為甚麼偏偏要那樣折磨她呢?我聽玉芳說，思詩在母親死後，本來想自殺的；後來，她明白了自殺是犯罪和懦弱的行為，就打消了這個念頭，決心完成學業以後就出家當修女。她與玉芳在中學時上的是天主教學校，很可能她早已立志獻身給教會了。那次到臺灣去玩，是她和玉芳兩人的畢業旅行，也是她向俗世告別的一次旅行。回來不久，她就進修道院去了。」

聽完了梁太太長長的敘述，梅可倫一顆心就像梗塞住甚麼似的，越來越沉重，越來越透不過氣來，他簡直是後悔此行了。

兩個人沉默了好一會兒，梅可倫忽然想起甚麼，又問：

「梁伯母，何小姐的出家做修女，難道就沒有人勸阻她?」

「她在這個世界上，已經是孤零零一個了，誰去勸她呀？玉芳當然勸過，但是，她哪裡肯聽呢？」梁太太說。

「難道她沒有男朋友？」他鼓起勇氣地問。

「沒有呀！她和玉芳兩個，人既古板，在中學唸的，又是女校。上了大學，又忙著讀書，根本沒有時間交朋友。思詩自從母親死了以後，更是難得笑一下，有哪個男孩子敢追她呀？」

梅可倫心裡想：有是有，可惜已經太遲了。至於你們家的玉芳，女大十八變，卻不見得古板啊！

該問的都已經問過了，已經沒有逗留的必要，他正準備站起來告辭，梁太太忽然又說：

「梅先生，你老遠地來到香港，既見不到玉芳，又見不到思詩，豈不是很可惜嗎？」

「當然是可惜，但是有甚麼辦法呢？」他垂下眼皮，望著自己的鞋尖說。豈止可惜，簡直是一幕大悲劇啊！他從來不曾愛過任何人，怎麼會第一次就遇到這種事呢？當然，梁伯母以為我們不過是初識的朋友而已，她又怎知道我內心的感受？

「我剛收到玉芳一封信，還附了一封是寫給思詩的，叫我送去，順便看看她。你要是跟我一同去，就可以見到思詩了。」梁太太很熱心的替他出主意。

他的心砰砰然。又可以看到她了，多好！但是……

「梁伯母，我不太懂得天主教的規矩；不過，修女們恐怕不能隨便會見男客的吧？」他躊躇著說。

「啊！我倒沒有考慮到這點。但是，假使你真的想見見她，你跟我一起去大概沒有關係吧？」梁太太說。

「梁伯母打算甚麼時候去呢？」他仍然不放棄最後的希望。

「就是這一兩天吧？」梁太太想了想說：「你甚麼時候有空呢？」

「我們的講習會後天中午就結束，我有半天的自由，然後晚上就要飛回臺北了。」

「假使你要去，你就在後天下午兩點到這裡來，我同你去好嗎？」梁太太說。

「好的。修道院在哪裡呢？」

「在青山，很遠的啊！上個月我去過一去。」

「那就這樣決定吧！謝謝你，梁伯母，打攪你了。」他站起來鞠躬告辭。

梁太太送他到門口，等他走了，立刻就小心的把木門和鐵門都鎖起來。

第三天和第四天的講習會他不知道是怎樣過的。整個人昏昏沉沉地，視而不見，聽而不聞，就像個沒有心的人一樣。他食而不知其味，晚上失眠。在他的腦海裡只充塞著一個形象，那就是何思詩美麗的影子。雖然已經有一個多月沒有見面；可是她那雙黑黑的大眼睛、尖尖的小臉，以及文靜端莊的儀態，都還一一在目。是的，她一穿上修女的服裝，就是個十足十的聖母瑪利亞了。也許她就是上天遣派下來的聖女吧？我和她本來是無緣的（梁伯母不是也這樣說過嗎？），又何苦有那些的相逢呢？在梅可倫短短廿五年的生命中，如今，他似乎才參悟出人生種種機遇的不可測與不可求。

講習會一結束，他就匆匆趕到梁家去，正好是兩點正，一分不多，一分也不少。梁太太已經準備好，正在等他。

「我知道你一定會來的。我們走吧！」她看見他來，似乎顯得高興。

「梁伯母，你認為我去見她不要緊吧？」已經來了，又是那麼渴望看到她；但是，他還是多餘的問了一句。

「我說過不要緊的，走吧！」梁太太說。

兩人出了門，梁太太帶他坐上一輛開往青山的小巴士。梅可倫很禮貌的替她付過車錢，這使得梁太太更感到這個年輕人十分懂事。

到了青山，他們再乘的士，到達修道院。一走下車子，梅可倫就被眼前的美景懾住了。前面是碧波粼粼的大海，後面是林木茂密的青山，中古式建築、白色的修道院就建在山腳的一片松林中，簡直像是人間仙境。

「這裡環境清幽，空氣新鮮，何思詩才進來不久，就胖了一點。她現在更加漂亮，以前太瘦啦！」在走上修道院的石堦上時，梁太太興緻勃勃的說著。

而他，卻只是唔唔呀呀的。他不想說話，他恐怕一說話就破壞了這裡的幽靜。走到修道院門口，在門側的小房間裡，有一個白髮的小老頭兒坐在那裡，專司守門和通報的工作。

梁太太告訴他說要見何修女。

「巧得很，現在正是她們的休息時間，我帶你們到會客室去吧！」老頭兒說。

就在這個時候，梅可倫忽然不想進去了。我和她根本連朋友都算不上，是我自己單方面的痴戀著她，她恐怕見了面連我是誰都認不得啊！憑甚麼跑到修道院去見她？憑甚麼破壞她的寧靜呢？不，我是沒有資格的。

「梁伯母，對不起！我不想見何小姐了。我在這裡等你，你自己進去吧！千萬不要說我也來了。」他訥訥地說。

「好吧！我自己進去了。」梁太太有點驚異。她也可能在心裡咒他三心兩意，莫名其妙；不過，他也顧不得那麼多了。

老頭兒領梁太太進去後，梅可倫就離開修道院門口，走到附近一棵老松樹下面。那裡，有一塊石頭，他坐在上面，可以望得修道院的門口，而那裡的人看不到他。

大約過了十幾二十分鐘，他聽見了梁太太的聲音，而門口也閃動著白色的影子。他的心一陣狂跳，莫非她來了？

果然，跟梁太太一同出現在大門口的，是一個一身潔白的修女。在秋天午後晴期的天空下，在一丈多一點的距離內，他看清楚了她的臉。不錯，正是他朝思暮想的何思詩。在白色的修女帽下，她的黑髮看不見了；但是，她小臉的輪廓更分明，她依然那麼美麗，也更像聖母瑪利亞了。

他按捺著衝出去呼喚她名字的衝動，也深恐梁太太這時向門房的老人詢問他到哪裡去了。

「梁伯母，謝謝你來看我，我會寫信給玉芳的。」是何思詩嬌柔清脆的聲音。

「思詩，好好保重自己啊！再見！」

「梁伯母，再見！」

白色的影子隱沒了。他知道，他將永遠再也看不到她的聖母瑪利亞了。在梁太太找他之前，他適時出現在她眼前，兩人遂一起離去。現在，他不須要向梁太太問長問短的打聽她在院內的情形了。就那樣遙遙的見了一面，他便覺得很寬心。她生活在那幽靜的環境裡，也是他所安心的，那總比聽說她遇人不淑好得多。

把梁太太送回家裡，他還剩下一個多鐘頭才到飛機起飛的時間。他知道，從別的地方來參加講習會的會員都利用這個下午大事購買東西。而他，一則沒有這個經濟能力，二則也不喜歡這樣做。臺灣的商品價廉物美，要買甚麼有甚麼，他又何必浪費外匯呢？

他在尖阻的街道上閒逛著消磨時間，心境竟然出乎意料的平靜。偶然經過一家義大利人所開的小商店，看見窗櫥中有一尊陶製的聖母像，只有半英呎高，製作得卻非常精緻，那張莊嚴妙曼的小臉，竟跟何思詩有幾分相似。他買了下來，就當作是這次來港唯一的紀念品。不，這是他生生世世的紀念品啊！

畢璞全集・小說15　PG1394

溪頭月

作　　者	畢　璞
責任編輯	劉　璞
圖文排版	周妤靜
封面設計	楊廣榕

出版策劃	釀出版
製作發行	秀威資訊科技股份有限公司 114 臺北市內湖區瑞光路76巷65號1樓 電話：+886-2-2796-3638　傳真：+886-2-2796-1377 服務信箱：service@showwe.com.tw http://www.showwe.com.tw
郵政劃撥	19563868　戶名：秀威資訊科技股份有限公司
展售門市	國家書店【松江門市】 104 臺北市中山區松江路209號1樓 電話：+886-2-2518-0207　傳真：+886-2-2518-0778
網路訂購	秀威網路書店：http://www.bodbooks.com.tw 國家網路書店：http://www.govbooks.com.tw
法律顧問	毛國樑　律師
總 經 銷	聯合發行股份有限公司 231新北市新店區寶橋路235巷6弄6號4F 電話：+886-2-2917-8022　傳真：+886-2-2915-6275

出版日期	2015年7月　BOD一版
定　　價	280元

國家圖書館出版品預行編目

溪頭月 / 畢璞著. -- 一版. -- 臺北市 : 釀出版,
2015.07
面 ;　公分. -- (畢璞全集. 小說 ; 15)
BOD版
ISBN 978-986-445-015-2(平裝)

857.63　　　　　　　　104008368

讀者回函卡

感謝您購買本書，為提升服務品質，請填妥以下資料，將讀者回函卡直接寄回或傳真本公司，收到您的寶貴意見後，我們會收藏記錄及檢討，謝謝！如您需要了解本公司最新出版書目、購書優惠或企劃活動，歡迎您上網查詢或下載相關資料：http:// www.showwe.com.tw

您購買的書名：________________________________

出生日期：________年________月________日

學歷：□高中（含）以下　□大專　□研究所（含）以上

職業：□製造業　□金融業　□資訊業　□軍警　□傳播業　□自由業

□服務業　□公務員　□教職　□學生　□家管　□其它_____

購書地點：□網路書店　□實體書店　□書展　□郵購　□贈閱　□其他

您從何得知本書的消息？

□網路書店　□實體書店　□網路搜尋　□電子報　□書訊　□雜誌

□傳播媒體　□親友推薦　□網站推薦　□部落格　□其他__________

您對本書的評價：（請填代號　1.非常滿意　2.滿意　3.尚可　4.再改進）

封面設計____　版面編排____　內容____　文／譯筆____　價格____

讀完書後您覺得：

□很有收穫　□有收穫　□收穫不多　□沒收穫

對我們的建議：________________________________

____

____

____

請貼
郵票

11466
台北市內湖區瑞光路 76 巷 65 號 1 樓
秀威資訊科技股份有限公司 收
BOD 數位出版事業部

（請沿線對折寄回，謝謝！）

姓　名：＿＿＿＿＿＿＿＿　年齡：＿＿＿＿　性別：□女　□男

郵遞區號：□□□□□

地　址：＿＿＿＿＿＿＿＿＿＿＿＿＿＿＿＿

聯絡電話：(日)＿＿＿＿＿＿＿＿＿＿ (夜)＿＿＿＿＿＿＿＿＿＿

E-mail：＿＿＿＿＿＿＿＿＿＿＿＿＿＿＿＿